U0553437

百部红色经典

归 来

顾仲起 著

北京联合出版公司
Beijing United Publishing Co.,Ltd.

图书在版编目（CIP）数据

归来 / 顾仲起著. -- 北京：北京联合出版公司，
2021.7（2023.11重印）
（百部红色经典）
ISBN 978-7-5596-5084-9

Ⅰ.①归… Ⅱ.①顾… Ⅲ.①短篇小说—小说集—中
国—现代 Ⅳ.①I246.7

中国版本图书馆CIP数据核字（2021）第030821号

归来

作　　者：顾仲起
出 品 人：赵红仕
责任编辑：龚　将
封面设计：李雅楠

北京联合出版公司出版
（北京市西城区德外大街83号楼9层 100088）
北京新华先锋出版科技有限公司发行
涿州汇美亿浓印刷有限公司印刷　新华书店经销
字数164千字　787毫米×1092毫米　1/16　14印张
2021年7月第1版　2023年11月第3次印刷
ISBN 978-7-5596-5084-9
定价：49.00元

版权所有，侵权必究
未经书面许可，不得以任何方式转载、复制、翻印本书部分或全部内容。
本书若有质量问题，请与本社图书销售中心联系调换。电话：（010）88876681-8026

出版前言

为庆祝中国共产党成立 100 周年，全面展现中国共产党成立以来中华民族辉煌的发展历程、取得的伟大成就和宝贵经验，集中体现中华民族的文化创造力和生命力，北京联合出版公司策划了"百部红色经典"系列丛书，希望以文学的形式唱响礼赞新中国、奋斗新时代的昂扬旋律。

本套丛书收录了近一百年来，描绘我国人民在中国共产党的领导下艰苦奋斗、开拓创新、改革开放的壮美画卷，充分展现我国社会全方位变革、反映社会现实和人民主体地位、弘扬社会主义核心价值观、讴歌中华民族伟大复兴中国梦的 100 部文学经典力作。

本套丛书汇集了知侠、梁晓声、老舍、李心田、李广田、王愿坚、马烽、赵树理、孙犁、冯志、杨朔、刘白羽、浩然、李劼人、高云览、邱勋、靳以、韩少功、周梅森、石钟山等近百位具有代表性的中国现当代著名作家。入选作品中，有国民革命时期探索革命道路的《革命的信仰》《中国向何处去》，有描写抗日战争的《铁道游击队》《敌后武工队》《风云初记》《苦菜花》，有描绘解放战争历史画卷的《红嫂》《走向胜利》《新儿女英雄续传》，有展现新中国建设历程的《三里湾》《沸腾的群山》《激情燃烧的岁月》，有寻找和重建民族文化自信的《四面八方》，也有改革开放后反映中国社会现状、探索中国道路的《中国制造》，同时还收录了展现革命英雄人物光辉事迹的《刘胡兰传》《焦裕禄》《雷锋日记》等。

本套丛书讲述了丰富多样的中国故事，塑造了一大批深入人心的中国形象，奏响了昂扬奋进的中国旋律。这些经历了时间检验的文学作品，在艺术表现形式、文学叙述方式和创作技巧等方面都具有开拓性和创造性，作品的质量、品位、风格、内涵等方面都具有很高的水准，都是有筋骨、有道德、有温度的优秀作品，很多作家的作品都曾荣获"五个一工程奖""茅盾文学奖""鲁迅文学奖""国家图书奖"等奖项。

为将该套丛书打造成为集思想性、艺术性、时代性为一体，展现新时代文学艺术发展新风貌的精品图书，北京联合出版公司成立了由出版界、文学艺术界的资深专家和学者组成的编辑委员会。他们从文学作品的历史价值、文学价值、学术价值、现实意义等维度对作品进行了深入细致的研读和筛选，吸收并借鉴了广大读者的意见与建议，对入选作品进行深入细致的分析与综合评定，努力将"百部红色经典"系列丛书打造成为政治性、思想性和艺术性和谐统一的优秀读物，向伟大的中国共产党成立100周年这一光荣的日子献礼！

/目 录/

告读者（节选）[1]

在近来的文艺上，有了一个新的趋势。这个新的趋势，便是由主观的到客观的，由自我的到社会的，由浪漫的到写实的，从唯心的到科学的。这，当然是文艺坛的新进步。

我们知道：文艺上的主观色彩过于浓厚，便易于形成一种偏见的错误；文艺上的自我表现过于偏重，便易于流为个人主义上的矛盾；文艺上的浪漫意味过于深刻，便易于成了不忠实的忌点；文艺上的唯心趋向过于流露，便易于变为非现实的幻象！在近来的文艺上，其所以有客观的，社会的，写实的，科学的新趋势者，便是如此。

过去的，代表主观的，自我的，唯心的，浪漫的文艺制作，那是很多的。自从新文艺流到中国，这样的作品是层出不穷，然而到了现在，这种作品也有了毁灭与崩溃的状态。至于在将来，那是我

---

[1] 本书收录的作品均为顾仲起的代表作。其作品在字词使用和语言表达等方面均具有鲜明的时代特色。此次出版，根据作者早期版本进行编校，文字尽量保留原貌，编者基本不做更动。

们可以知道的，代表非永久性的这种作品，一定有完全绝迹的时候！这，我们在近来新作品战胜了三四年前很流行的某某等作家的作品便是一例。

近来，我们对于文艺，大概都有一个共同的愿望，即是"我们要开辟文艺的新途径"，"我们要文艺走到一个新的阶段上去"。这一种的文艺，还没有多见，严格的来说：那末，这一种文艺还绝对的没有出现。固然，某某的作品，是含有客观的，社会的，写实的，科学的成份，然而，我们还不能说这就是文艺的新途径，和文艺的新阶段。——我请读者们恕我夸大狂的论调！

我个人方面，对于文艺，是有这种诚恳的，忠实的新感觉——要站在十字街头来描写我们的文艺！但是，结果，这是失望的！我过去的作品，便是主观的，浪漫的，唯心的，自我的！至少，是有这种趋势。因此，从黄金之宫忽然跑到了十字街头，十字街头种种的情形总是看不惯。近来，我是很想写很多的社会的，科学的，客观的，写实的一类作品——但这是"画虎不成反类狗"的故事！于是，我在文艺坛便不能不大大的失望！

当然的，我很能知道：我的作品实无出单行本子的可能。我的作品不独非十字街头的，而且是描写粗糙，表现力不忠实，缺乏事实之全部的观察力，形成了不艺术的东西！这当然不是我的客气——我不满意于我自己的作品，是真实的！我不满意于现在文艺坛一些流行的滥作，也是真实的！

但是，为了穷困，为了面包，为了肚皮的欺榨，我终于忍心地，搜集了我不忠实，不成熟的作品，来侮辱文艺的田地！使美丽而圣洁的文艺宫中，来了一个衣服褴褛的丐者！使花木灿烂的文艺园里，产生了荆棘与莽草！这不独神圣的文艺家要为着"丧失了文艺的尊

"严"而叱咤，而唾骂，或是露出滑稽的讽笑！即在我——在作者的自己，也要哭丧了鬼丑的脸不敢抬起头来瞧一瞧正在那里发怒的"文艺家"！

在这里，也许有一点可原谅的地方，就是我们展开了我们扩大的视线，现在文艺界，如我这样不艺术的东西，也还没有绝迹，或许我的作品也可在"没有绝迹"的文艺界的末端，占领一个小小的位置，做一个小小的兄弟！在另一方面，就是我这册集子虽然不大艺术，但它是我生活的血迹！在现代矛盾的社会中穷困的我们，好似深夜中莽原中的孤旅者，生活上都含着血的痕迹。所以，这集子虽然不是艺术，却是深深的涂着血的颜色，模糊的血涂成了这本集子。因为它是我血的生活的痕迹，所以我也就不客气的来在文艺园中占领一个小小的位置。我还要更进一步老实不客气的说一句：现在是时候了！天空在刮着紧张暴厉的狂风，灰色的云里已闪出了电的火光，我们不应当再在那里唱愉快美丽醉梦的歌声，我们应当要凶恶着我们的面孔，到那边去——打毁资产阶级的艺术之宫！

这集子里的作品，是我匆促的辑成，有的是已经在小说月报发表过的，有的是我的近作——这在上面已经说过，不免有"画虎不成反类狗"的把戏，不过，无论什么事件，在过渡的期间，都免不了有些滑稽的笑话，文艺，也未尝不如此。我们回忆新文艺初产生的时候，所谓"花月爱"的诗歌，所谓"美丽的女郎"的小说，都是一个有力量的例证。至于我已发表过的作品，那更不必自吹了！是幼稚的。

总之，我不是伟大的有名作家，无论如何都免不了有弱点的地方。

而且，我自离开上海以后，已有四年的历史。这四年中，我流落各地做了四年的丘八，幸而没有打死，可是四年以来是没有工作文艺了！以我现在思想的散漫，生活的不稳定，要完成我文艺上的计划，也是一件不可能的事。可是，我对于文艺，还抱有很大的野心，在中国这样的社会中我也没有其他的工作可做，我还是努力于文艺。

我和愿意读我作品的读者一同勉励，我们一同向着十字街头走去……

一五，一，一九二八，上海。

最后的一封信

W——

　　世界上最不幸的，要算是被残害者了吧！他们同是一个人，但为什么不能行使他们固有的自由意志，而享受人间的幸福呢！这些被残害者，去求正义，去求解放，我们受着灵魂直觉底感动，同情心在我们身体以内畅流，我们当然是要和他们表同情罢！然而处在这已失去真义的人间世界的底下，同情在那里呢？又有谁是同情者呢？他们不但不怜悯你是一个可怜的被残害者，反要笑你是一个人间的落伍者呢！我从前写了一封信给某舞台上的一位文学家，同时又是一位戏剧家，内里有几句话说……当着先生登台演剧时，自己扮了一个被残害者底角色，演着最可哀的时候，心中必觉得世界上的被残害者，的确是人间的最不幸者，和可怜者罢……又说……当着深夜的时候，我们在一条两岸都是芦苇的小道上走，月光很惨淡的照来，芦苇微微摇曳着，在这很沉静的境界里，忽然有只被弃的小狗；伏在芦苇里汪汪地哀叫，我们听了，也觉得心琴里不安罢。

为什么一个被摈弃的人，在我们面前哀求，我们便不去和他表同情呢！一个人受了痛创，面部被了鲜红而微紫微青的血，一点点的滴到手上，再从手上一点点地滴到地上，这时，我们心琴里也觉得不快罢。为什么一个人精神上受了莫大的残害，我们见了，便不去和他表同情呢……那知我这封信拿了去，这位戏剧家看也没看，便还给我了。我把信拿来，只流下两滴热的清泪。

后来我知道是没希望了；但我的心，它向我说："你前途有希望呢，你年龄还轻呢，进行罢，别要懦怯，人间尚不至于这样寂寞呢！"于是我又抱了满腔的热烈的情绪，向前进行着，去求我的生命的希望。因此，便跑了一位小说家那里去哀求——求同情的安慰，信里也有几句话说……先生要说了："街巷里的乞丐，马路旁失业的青年，也不知多少，我们也不能一个个的和他们去表同情了。"是的，不错，但是这也许是他们自己的堕落，没志气，我敢自信，我尚不至于没志气呀！我现在的堕落，更不是我的自为，这是环境的残害，人世间伪君子的残害……这位小说家把我的信一看，哈的一声冷笑，说："你看过一个青年底梦的剧本吗！"我回了一声"没有"。他便拿来了，说："你且看至第四幕罢。"我拿来看完了才知这位小说家的意思。（一个青年底梦想你已看过，我在此不说他的内容了。）不过这位小说家，你是大错而特错了！这书中的主人——青年——始终是我敬佩的，他的所以失败，这是社会环境的支配，不是他自己的没志气。我们当然要说社会黑暗背景底不是，不能说青年底不是和没志气。我当时虽然这样想，却也没说，便含着无限的悲哀与失望，走出来了。

唉！W！飘泊的我呀！孤独的我呀！可怜的我呀！在这死灰色的道上进行的我呀！是失败了！是无望了！我的确是一个梦想的青

年了！我如今还生在这人间的世界里，是抱的奋斗的精神的，是想得奋斗以后之胜利的。但是奋斗什么？没有奋斗之火的燃料，又怎能有熊熊的奋斗之火呀！生活已支持不下去了，已无生机了，还能奋斗吗！哦哦哦哦！天呀！命呀！究竟我前途有希望还是没了呢？假使没了，那我便离开这世界去了；假使还有一线希望的，那末，生命的使者呀！请你指示我的去路罢。光阴是流通的水，人生却是水上的波，一轮残日儿已挂在西天的林梢，快要归他的故乡了，只有一线的微光，好像是伤别的样儿，从枝隙里窥视照临在人间，我在黄浦江岸走来走去，看见波涛汹涌间，荡漾着几只小的渔舟，我想着我现在的生命，又何尝不是一只在浩浩大水里随着风波飘摇的小舟呢！固然，是没有一定的目的地，也不知何所是归宿。飘到边岸，摇到岛屿，都是在不可知的命运中。即是万一不幸，被风波把舟吹翻了，这也是在不可知的命运之列。浩渺的人生呀！可怜的人生呀！悲和哀那便是人生的结晶了！残落了的花瓣上的血丝，枯衰了的片叶上的波纹，那便是人生命的最真切的写真了！哦哦哦哦！无论什么人，都免不了生活的支配罢！虽是一班高坐堂皇，不劳而得食的富贵之家，他们却是不受生活的支配，但他们生活也过偏于沉沦了——是一个行尸呀——一班贩夫走役为着生活劳劳不已，但仍然免不了生活的支配，唉！可怜的贩夫走役呀！其实，你们间接在替一班行尸奔走呀！行尸的财产，从何而来呢？便是由你们这班劳动者的汗血无形中流去的了。唉唉！一个人为什么要替他人劳动呢？一个人又为什么要用人替自己劳动呢？极不平等的世界，毫无真理与正义的世界……我看看西天的一轮日儿已沉下地平线去了。一轮月儿又升上来，立在那座美秀的青山之顶。唉！月儿呀！日儿呀！你们真罪恶呀！你们立在天空给人一点光明，便使地球上的人们嚣闹着战斗不已——为私有财产战争，为虚荣战争……——你们做一个旁观者，日呀！月呀！其实你们在看你们的罪恶之果了！

W！我想到这里，我愤恨极了，忘却我所有的一切了，假使路旁没有行人，我一定会跳到江中心去了。我呆呆地瞧着一回明月，不觉流下了两滴热泪，长叹了一声"人生呀人生"！

风儿一阵阵地吹来，江潮浩浩地澎湃着，一天没吃一滴水的我呀！煞是觉得腹痛了！不得已便写了几首诗，一首是《心泪的声》，一首是《月夜》，拿到某报馆某编辑先生那边去，某编辑先生看了，说："顾先生，我们中国的新诗，还可说是在萌芽时代，虽有几位作者，但很少有流畅的深刻的作品出现。先生这首《心泪的声》，煞是把我们青年的悲哀赤裸裸的活泼泼的像一张照片显映在一张纸上了！先生此后如有大著见惠，非常欢迎……"

"拙稿既承先生赞扬，实在是荣幸之至。不过我还有一个请求，我现在和家庭的关系，便飘流于上海，现在很受经济的压迫，今天便请先生拿稿费给我罢！"我这段话一说，这位编辑沉静了一回，额间起了几条波纹。

"顾先生，我们报纸上不甚刊新诗，先生的诗，固然不知什么时候才可登出来。而且新诗本报素没有稿费，而且能登载与否，这是P君的事，我并没有权。"这位编辑先生说到这里，又露出凝笑。

"先生，不然，我也没有这个要求，不过我今天还不知何处是我的归宿，而且一天都没吃什么。"

"既然这样，我这里便给你一元罢。不过我有一句话要声明的，这一元，并非报馆里的，是我自己的。"

我的稿纸刊不刊还没一定，这一元又不是报馆里的，我可以拿吗？不拿罢，生活呢？拿罢，人格呢？……我现在拿了这一元，便是把我的人格卖掉了，以后便是拿百元千元来，也不能把我的人格赎回去呀……但是，我拿这一元去努力，和我前途黑暗的恶魔奋斗，能得到奋斗以后的胜利，那末，我或者还可以不负这一元，我的人格尚不至于破产呢！于是我便把这一元拿来了，说了好几声谢谢。我深深地瞧了这一元一眼，不觉流下两滴清泪。

没三天，一元又用完了，于是跑了你这边来，唉！W！你真使我感激极了！你的一举一动，我已知你确是真情之流露了！我只要你和我表一丝儿的同情，我也不叹人间的沉寂了，我孤寂的灵魂，也可得着甜蜜地安慰了。当你看了我的信，泪珠儿含在眼角了，立刻给了我应得的稿费。

你说："K君！这宇宙间的球星，是冰做的呀！走了不好，便要滑倒了，这球星上的人们，只会有己，不知有人的，你跑跌了，他们决不会来扶你的。"W！你这几句话，把这人间的神秘，都表现出来了。

你说："饭和衣服，通是世界上的！"唉！W！你这话固然是不错呀，衣食不是那个专有的呀！但是强盗式的资产阶级，他们掠夺而霸掠了呢！

现在我又受着生活的支配，这次我决不愿再求人去的，我知我在这地球上已没有希望了。人间确是被强盗式的资产阶级占领去了呀！昨夜我在黄浦江滨，一轮月儿，从东天升上来，露出微微的笑容，伏在一片流云之端。天空中净洁如洗，疏疏地布着几颗灿烂的星儿，江心的月儿，也一样的可爱。我在一块石头上睡下，瞧着月儿，不觉也笑了。唉！现在我明白这个死字的意义了，死是愉快的，死是伟大的，人间被残害者的正义，便含在这死字里。我现在确是要实行这个死字了，科学家说："人死了去，灵魂是不灭的。"如果这句话是确的，那末，我死了去，当着深夜明月在天空的时候，我现出我的灵魂，在水面，向着月儿哀唱，唱倦了，再到我的居所去。我死了去，正是把我这绝对不自由的灵魂，还回复了我固有的自由的地步。朋友呀！人间被残害的朋友呀！无产阶级的群众们呀！你们为什么还在这里受苦，不去你们的乐园之路呢！死是愉快的呀！死是伟大的呀！我愿你们和我握着手一同去罢！你们不来，我也只好望着你们流下两滴清泪了！

W！我死了去，我别要你伤心，我只要你当着深夜的时候，你到江边来狂笑，我再唱一个哀歌，给你听听。那我对于你的希望，已足了。

W！分别了！分别了！

K L

归　来

MA 先生：

　　我写信给先生说我死的，但我并没有死。

　　我自从先生那边出来，我竟变成神经错乱的痴人了。我走上轮船去，两手信意舞着，嘴里信意唱着，心中是非常愤恨的。船上的搭客，一个个都把奇异而锐敏的目光注射着我，而我更恨极了，也把两只眼睛一直地瞧住他们，两只手握起拳来，很想把他们打死，心中才快，其中有一个搭客说：“这人是个痴子，我们别要理会他。”我听了，咬紧了牙齿说：“蠢奴！无知的蠢奴！我痴，我何尝痴。”这时又有一个搭客说了：“出去，这里不容你。”

　　“为什么呢？我也是来搭船的。你们搭船给钱，我搭船也给钱，但为什么，你说这里不容我呢？这个地球上是不讲真理的，难道这船上也不讲真理了吗？你们这些都是罪囚呀！”

　　我正愤愤地说到这里，一个两眼含着恶意，两手握着拳的茶房，跑来将我用力一推，说：“出去。”我觉得我的遭遇，是真可痛极了！

我是来搭船的，为什么他们不容我呢？我愤恨得一句话都说不出。也把两手握着老拳，跑上前去，和他打了。他的拳，打在我的头部，脑部，腹部，四肢，我也不觉得痛楚，我更不知怯弱。口里还说着："人间的罪囚呀！我为寻求真理，我要想把你打死。打死了你，然后我再去打第二个罪囚……如这样一个个打去,把世界上的罪囚打尽了。真理出来了，那便是我最后的胜利……"这时又来了几个人，也打着我。并把我向船外拖着。我嘴唇上的血，一滴滴地流着。满身，两手，都是血迹。但我只知有无限的怨意，并不知痛，他们将我拖了船外来后，我又走了进去。他们不得已，便叫巡捕将我拖到巡捕房里去，巡捕也和他们一样说："出去，不容你在此，和我到巡捕房里去。"

"为了一个巡捕，当然是明白法律的，如今我被他们打出血来了，在法律上应当如何的解决呢？"我发问了这话，巡捕他并不答我这个问题，却用木棒在我头上敲着，说："到巡捕房里去。"

"好，好，你们这些罪囚，是不懂真理的。巡长，也许是要比你们懂道理些，我和你去见巡长。"说着，我和巡捕走了。但我不知为什么这样恨，咬着牙齿，怒骂着："不讲真理的世界，人们都可说得是不懂真理的罪囚。"

到了巡捕房了，他将我关住在一间屋里，里面漆黑的，一点光明都没有。我所希望的一位巡长，并不能使我看见。我更愤了，用尽了平身的气力，在壁上，门上打着。没一会儿，一个巡捕将我拖到巡长面前，巡长是一个外国人，他看见我身上的血迹，便和一个中国巡捕讲了几句英文，是：

"他身上为什么有这些血呢？"

"他是一个疯子，要搭轮船，被茶房打出血来了。"

"呀！一个可怜的人！他住在什么地方呢？"

"你住在什么地方呢？"巡捕问我了。

"不，我没有住所，我是一个尽受着人们之摧残者，如今人们说我疯，其实我并不疯，我这种举动行为，便是我受着人们之摧残的伤痕——我受着我家庭的摈弃，我受着人们的轻视和痛辱。呀呀！这个世间已没有我的位置了！"这时我的泪，如泉水似的涌出了。"呀呀"地不住自叹着，望着天。

一个巡捕将我这段话译了给巡长听了，"他有家吗？回去不呢？我给五元，他回去罢。"巡长说着，便在衣袋里拿出五元的一张钞票给我。

"钞票，钞票给我做什么呢？死在这恶魔之下的，已不知多少人了！而且我在人间已没希望了，现在我愿立在你手枪之前。你用手枪放好弹子，直对着我，乓的一声，完结了我的生命，那我真是万幸呀！"

停了一会儿，巡捕仍将我关在那暗黑的室里。而我的一番愤怨之潮，又起了。大号着："天呀！天呀！你真是无情呀！如今我要来和你奋斗了！"可是我在这室里，望来望去，无论如何，都不能望见天。于是我又握着拳，在壁上乱打了，用头在门上乱撞了。可怜！鲜血淋漓着满脸，满地，还不知痛。

这天，正是下午的天气，日光从西南角上射来，我睡在一张榻上，把两眼张开时，不觉使我非常奇异。这间屋子，是我素来所没来过的。我又想起我怎样睡在这个地方的，这时，我想起我在巡捕房的事来了。当我在巡捕房里受着痛创，竟不知人事了！瞧瞧手上的伤痕，还没好呢！不觉清泪又下流了。这里是个医院，医生见我醒了，跑来安慰了几句。最后谈及我的家庭和生世，也表示了一些同情之泪。道：

"上海做事是很不容易的，无论什么事，都要几百元的保证金，我想你还是回去的好。"

我承认他这句劝言了，他给了我两套衣服，并给了我五元钞票，在夜间九点钟的时候，送我上了船，买了票；船将开，这位仁慈的医生他才走了回去。

　　大概是十二点钟的时辰，没一片流云的青天，净洁如洗，疏疏地洒着几颗灿烂的星儿。片片的浮云，轻轻地从天空流过。飒飒的风儿吹来，江潮不住地澎湃。望过去，四面黑影团团，萧疏。我一人立在舱外的栏杆上，痴望了一回明月，想着我如果回去罢，怎样有面目见父母？自己负气出来，落泊而归……不回去罢，又是如何的办法呢？……死罢……那又何尝不等于现在的归……天空中的明月呀！我前途有光明没有了呢……呀！如今哟！只有还是去奋斗罢了。一旦得了奋斗以后的胜利，那就好了。呀呀！呀呀！可怜的顾仲起呀！你要完成你的希望，切莫要忘去在这深夜，在这月色之下，在这船上，在这江中，所立的意志呀！我无心的摸了一摸手上的伤痕，不觉又悲伤了。我的父母兄弟……当着这时！恐怕正在安睡了，他们又何尝想及这海外飘泊病伤的我，在这深夜中立在浩渺的江中的船头上望着明月流泪！他们心中更何尝有个我。唉！MA 先生！我是一个没学问的人，不足与你交，不过我很希望先生以我的以真挚的情绪来请先生扶助，先生便以真挚的情绪来迎接我；我更希望先生怜我是个弱者，被弃者，而来扶助我，使我达到成功的希望。那我庶乎不愧我的这次负气而出，他日更不愧回去见我的弃我笑我的父母兄弟！不然，那我只有沉沦在这汪汪的大水中去罢了！先生！我希望你呢！

　　船到了天生港，我也只好暂时上岸，预备当日夜间，仍搭轮船回上海。

　　在第二日的上午，我又由天生港来上海了。几天过去，又受着生活的逼迫，我想着现在的我，正似一个待死的囚徒，只要听得乓的一声枪响，便可完结了一切了，不过我想当着一个待死的囚徒，两眼看着一枝无情底枪，灵魂在瞬息之微波里荡漾的时候，这是很可哀而可怜的。是的，我深信人们的失败。这并不是极不好的事，这不过是给人们的一种经验罢了！人们是不会自愿向失败的道上去走的。偶然的失败，这是由于人们的不知其中的利害相关罢了。囚徒犯了罪，这也不是囚徒的自愿，这也是囚徒的不知走这条路便是失败之途。现在他两眼呆瞧着一个凶勇的兵士，拿着枝枪直对着他要发的时候，他一定是会觉悟而想改的——这是由经验而得的觉悟——可是他很诚恳的到法律之前去乞恕，说："自是以后，我觉悟了。我是不会再犯罪的。我请你宽恕我第一次罢。"但是，假定的法律，是不允许他这种希求的。乓的一声，竟把他的生命完结了：这个我更认他是桩冤枉的事呀！

虽然，我是和待死的囚徒，相差不远，但我究竟是要比待死的囚徒好得多。囚徒立在枪前，是没希望了。我虽立在死之使者之前，生命在瞬息之微波里荡漾，但我如果能真切的觉悟我前天夜间在长江轮船中所立定的意志，是还可有生的希望的，环境与生活是不足支配我的。马路上被热烈的日光晒得汗如雨下，拿着几十斤重的锤用两手举过了头，在那里锤石头的工人，他们用尽了力，做他们的工作，到了放工的时候，拿着他们汗血换了来的金钱去买面包吃，生活环境是不能支配着他们的。我如果也学着他们，拿着重重的铁锤，去做苦工，那环境与生活又那能支配我呢。……

在一个沉寂的夜里，我这样的思索了一回，我决定明天去做工了。

天空中飘浮着几片流云，一只孤雁，正向南面飞去，东天的日儿，在云霞里波动着。清晨的天气，是很和静而可爱的，我在黄浦滩边上微步了一回，江水泱泱地一波波地汹涌着，我知时候已是不早了，便跑到跑马厅去做工——替他们割草去了。

我去做了一个多月的工。我们每天工作的代价是三角。当着下午四点钟的时候放工了，我们拿着这汗血换来的三角小洋，跑到一个小店里，或是买一点面包来，饱涨我们的肚腹，我们只觉得面包的香，美，并不觉得面包的苦。有时我们几个人还买一点酒，大家围坐着谈谈。他们是最喜我看报将国家的时势说给他们听的。他们听了，有时面庞上也微露出一点笑容，有时也觉得很不快的。我还记得有一天夜里，月儿已西斜了，一切的物影，都在微芒的月色之下，表示一些严深，幽郁，沉默的景象。我们工人之中有一位老者，他是和蔼可亲而可笑的人，已经六十多岁了。这时，他一人独在旷大的球场上号起歌来。我们的兴致也来了，起来买了一点酒，菜，坐在月下谈天。他们要我说故事，我便说了一段方孝孺被割舌的事。这位老者听了，不觉便立了起来，严声厉色的说了好几个字，余座的人，也莫不为之动容了。如这类的事，真多极了，如今回忆起来，也觉得这实是我们工人工作后的愉快呀！可惜，现在工已做完了，没有工做了，我想再到那里去做工，但是没有这个好机会了。不得已，便暂在我的朋友的药房里，然而也是住不几天的。药房中主人的夫人，天天说要我回去，"多一个人吃饭，每天便要多用些钱。"甚至于还和我的朋友吵闹。唉！我一出来，又不知将向何处去了！现在我是无论什么事都愿做的，能安身，那便好了。我想便是做人家的奴仆，也没有什么不可，因为我还是可以读书，求学问的。一旦有机会可乘，那我或者竟能达到我的希望，也未可知。先生，以为如何？

仲起，八，十三。

镜　子

一

那正是清晨的时候，东方发出微芒的白色，素色的云幻现着美丽的图画在天穹静寂着。虽然是在夏天，清晨却使人感着异常的爽畅。在这时，由Ａ省到火车站去的街道上，有一辆高篷的马车，马蹄与车轮在街道上发出不和谐的悲声，打破了夏晨的静寂。车上坐了一对青年，他们的态度，表现着愁闷，不快，同时却含着怒愤的情调，默然地坐在车中。青年的草帽戴在额上，不能认识他的真面目来。那女郎呢？惨淡的面孔上流涩着几点泪迹。

据认识他们的人说，这车上的一对青年是镜子与秋田。那青年秋田，是一个革命党人，镜子便是他的妻。

在秋田离开Ａ省的前夜，事件发生得这样的突然；原来秋田正在准备着到工会去，草帽拿在手里，和镜子正握着手，忽然他的好友川泽走了进来，形态非常的怆惶，第一句话便说道：

"你想到工会去吗？"

"是的。"

"不行，街上已布满了侦探，政府通缉你了。"

"通缉我吗？"秋田怔了一怔。

"哑！有这么一回事……"镜子抛弃了手上的经济史观，立了起来。

政府不能满意于秋田，已是很早的事件，但尚不至于如此下断然的手段。因为这个消息，秋田在室内徘徊起来，口中吸了一枝纸烟。形势的严重，经过了多方的考虑，秋田已觉得有离开A省至S埠去的必要，于是，这晚他没有到工会去，请川泽去代替了他的职务。

小姐出身的镜子女士，受了丈夫的影响，虽然有投身在穷民窟里去的决心，但是政府的通缉，丈夫的要离开A省到S埠去……不免使伊有些慌张失措起来。

灯光凄然的照在室内，秋田依然皱着眉头，吸着纸烟，在室内徘徊着。

"你决定到S埠去吗？"镜子有些忍耐不住了。

"唔？那个——自然。"

"什么时候呢？"

"后天。"

"我和你同去吗？"

"我到了S埠再说吧。"

镜子默然了，室内表现着凄寂的哀景，除却秋田徘徊的足音。

晚餐的时候，他俩都无心去领略着酒的滋味，空虚占领在各人的心头。

"你——吃过晚饭以后，帮助我整理文件和行李，今晚不必回去了。"秋田说着，举起头来看了镜子一眼。

镜子没有回话，面色现着深愁，眼间流着泪水。

"你因为我们快要别离，所以悲哀到别的情调吗？"秋田见了镜子悲愁的面孔，禁不住加以询问了。

"……"镜子没有回话，两道的热泪却流了下来。

"说吧，是不是感着离开了我以后孤寂的滋味？"

"谁为了这个去流无价值的泪呢？"镜子呜咽着说了。

"那末，为什么眼中润涩着眼泪，眉头间显露着愁云？"

"我决没有因爱情的关系而痛哀将离开此地的丈夫，"镜子摆下筷子，拭了拭眼泪，"我是因为你，不是我个人的，你是被压迫的，穷人群众的；你个人的死亡，是关于反对布尔乔亚政府成功与否的，你离开此地于工作上至少也有很大的影响……"

"但是，事实上是不能不离开此地了，这里的工作，有川泽等同志去负责任呢。"秋田摆下筷子，立了起来，倒在沙发上去。

"革命者只有流血不会流泪的。"镜子从前所说的这句话在秋田脑中浮浪起来。

但是，镜子究竟为什么要流泪呢？果真是如伊对丈夫所说的那番慷慨的语调吗？那却有些不尽然，虽然，镜子已不是小姐时代的镜子，个人主义的女性的镜子，镜子是革命的镜子，爱人，丈夫，……这些损失，不会使伊流眼泪的！而事实上却终不免有些幻灭的遗痕，矛盾深刺在心中……。总之：镜子究竟为什么流泪呢？老实说：伊自己也不能知道，只第一回的感着心的不安和羞意——不，不是羞意，是一种不可描写的神秘心理所发现——同时又觉着有很多未来的新鲜的奇境将来到——新的感觉占领了伊的意识界。

晚餐以后，镜子非常的忙碌，在电光下整理着伊丈夫的书籍和文件……汗珠儿流在额上，衬衫已湿透了。秋田依然躺在沙发上，深锁着眉头吸他的纸烟。

"我一定和你到 S 埠去。"镜子忽然抛弃了文件，书籍，坐在秋田的身旁，紧握了秋田的左手，两目射出刚毅坚决的光芒，却是含着了眼泪，这样地说着。

"哑……你……？"秋田惊讶了。

"我去，我和你一同到 S 埠去，那里有很多我们要做的工作。"

"你为了我吗？"

"不……不是，我已然说过，你到 S 埠去，有好多事要我帮助你，文件是要我抄写的……"

"那是一件困难的事件，我到了 S 埠再说吧。"

"……"

秋田以避免注意于他的侦探和警察起见，终于不能和情人到 S 埠去，决定一个人离开 A 省。

在这里，镜子却发现了很多的新的感觉，伊觉着他们的意志和事业，受了自私自利反动派的压制，"革命的斗争是几页血的历史"，这句话深深地在伊脑中荡漾起来，增加了伊对于革命的新认识，和伟大的决心，坚决的情绪。

到火车站了，他俩下了马车。

车站上塞了一大群的旅客，头在朝雾里蠢动着，匆匆忙忙地潮水一般地向车箱里流去，嘈杂的声音挠动了人们的心琴。杂乱抛在月台上的行李，箱子，一件件地向车箱里抛去。

灰白色的天穹笼罩着大地，清晨的气息使他俩触着枯闷的灵感。红色的太阳，在彩霞里微笑着，天气渐渐热闷起来。秋田汗珠儿流在遍体，从人丛中攒进头等车箱里去，踌躇，不自然，每举目看着同室对面坐着的一个少年，好像这少年十分注意于他，心中不觉有点恐怖，便不敢再举起头来去正视着少年的一副含有讥笑色调的面孔。偶然，有一两个旅客，推了一推门，秋田很恐慌，好像这个人是特地来找他的……。

秋田想减少行人对他的注意，所以坐在头等车里。镜子将车票送了进来。但是，始终，他俩的心田充塞着一种不可描写的意趣，哀凄，愤慨，而寂寞……一直到开车，没有其他可记载的对话。

汽笛叫着，好像是催旅客们快离开了情人的手儿他去。镜子立了起来：

"你——写信来。"镜子的眼睛，又润着滢晶的泪儿了。

"知道。"秋田的语调好像不耐烦似的。

就这样，镜子便走下车来了。

车开了，头等车窗里这才伸出秋田的头来，说了一声"再会"，也没有再注意月台上镜子灰色深愁的面庞，很快的缩进窗内去。

镜子呆呆地立在月台上，听着那粗笨的火车，"吭啦啦……吭啦啦……"眼看着火车烟突冲破了空气，将伊的丈夫，装载了他去。

镜子有一种不能形容的心绪，脑海中遗留了一个沉着，果决，刚毅的秋田的影子。

"危险，不幸，革命者的生活……"伊自言自语地这样说着。

镜子回到家里，母亲在房里呻吟着，伊便倒在客厅中的沙发上。面孔是郁闷，而含有一种希望的颜色，始终不能换开新鲜的情调。

……秋田在工会，农会，学生会……各处开会的情形，演说，每夜的写东西，沉思，奔走……却不疲困——一副黑黝的面孔，瘦的身躯，简单的服装，忠实，和蔼，微笑……和衣服很破烂的工人们握手……一幕幕地在伊脑中影映起来；秋田的种种行动，是值得伊深深去寻味的。

镜子回忆着：有一次，伊和丈夫第一次到工会去，会场上坐满了面部黑黝，多皱纹，露着蠢笨与忠实的表情，衣服很龌龊褴褛的一些工人，伊简直有些害怕，心情不安起来。但是，进去以后，工人都唤叫与鼓掌起来，欢迎着伊的丈夫。工人们并不是伊理想中那样卑鄙的，是可爱的！在演讲的当儿，他们都是很有纪律，很守秩序……。在秋田讲演以后，一个工人走上台来，他鼓着老大的拳头，涨了紫红色的脸，用力在台上高叫，然而，都是说得那样有理论，有系统，动听，伊受了极大的感动，热血在体内涨流起来。于是，伊第一次的认识了工人群众。同时，伊感着劳苦，牺牲，这样的生活很有意味——人生的生命便织在这幕革命生活的景片里。

镜子又想着：许多汗珠儿流在遍体，很踌躇，不自然，面孔露着果决，刚毅的情调的青年，因为政治的斗争，离开了A省到S埠去，是含着了神秘的伟大的。

镜子又想着……

这时，过去一幕幕的影片，只是继续不断的想了起来……

镜子祝福秋田一路平安，没有危险而抵了S埠，在S埠秘密地工作一切……

二

忠实的女郎，为着离开了丈夫，时常明眸里汪着泪儿，小指头吻在唇上，黯然神伤地沉思一切；这个，是很平常的一回事件。自秋田离开 A 省到 S 埠去以后，我们的镜子女士一天天怀感起来，精神上感觉着不安与很大的损失。新剧场也不去了！唱歌，跳舞，绘画，读小说，这些都不做了。终日的，是沉思，想念，理会着伊丈夫所给与的一些革命理论，翻阅着社会主义的书籍，和伊丈夫关于政治的著作。时常地，明眸里汪着泪儿，小指头吻在唇上，黯然神伤地沉思一切。

只要住在 A 省省城中的人们，很少有不知道寡妇夫人仅有的女儿镜子女士的。那是很可怜的，镜子十二岁便死去了父亲，母亲三十六岁便做了寡妇。为了贞操的问题吧，年青的寡妇母亲并没有再嫁人。但是因为有钱的原故——所谓小资产阶级——镜子虽然是很年青的便失去了父亲，她幼年与青年时代的生活却是很愉快的！而且年青的寡妇对于仅有的年青的女儿，疼爱，那是不必说的。幼年的镜子，有保姆看护她，有有钱的，做官的，亲族们的怜爱她……

寡妇母亲，因为是很年青的，所以异常的感觉孤独的烦闷，在她很寂寞，心头渗透了不可宣泄的悲哀时，她便消磨着悠长的光阴来教育她的女儿。谈到女性的家庭教育，那是很简单的了，多半是说故事。于是我们的镜子女士，便是从那时开始，和其他的女郎一样，受了封建思想的洗礼。因为传统的故事中，都不外乎"美丽的公主"，"义侠的英雄"，"黄金的宫里"，……一流的东西，不独在母亲那里，在学校所受的教育，差不多地也是一样！老实说：镜子受了多年的学校的与家庭的教育，深刻着回纹在脑海之中的，无非是增加了一些伊对于荣耀，尊贵，和财富等的智慧。也有些时候，教育与宗教，是说得异常光荣的，如什么人格，道德，慈爱……但总免不了对于荣耀，尊贵，财富是人间无上的威权和无上的幸福有深深不可磨灭的暗示。镜子是很聪明，很智慧的女郎，贫困的怜女和街道上的乞丐，也有引起伊慈爱，道德等同情心的时候，在衣袋内摸出一两个铜子儿抛在地上，或是分与一点食物给他们。不过，伊的这种道德和慈爱，并不是出于伊纯洁的天性，伊是从教育和宗教上得来的；因为如此上帝才能充分的给与伊以尊贵，荣耀和财富的。终究，伊觉得贫困的怜女，龌龊的丐者，是讨厌的，卑鄙的，可羞的——因为他们是没有钱的无产阶级！

这样地，镜子的思想和伊的年龄一年年的增高起来。十八岁的时候，镜子要做一个艺术家！伊觉得艺术的幽灵非常的清高与伟大，艺术中含着了人生的歌音，与盈藏着人生的生命，而且是一回非常荣耀与尊贵的事件。——至于财富，镜子并不十二分的需要，因为她父亲的遗产便是很财富的，至少也是高于第四阶级的第三阶级！

这是很伟大的，我们的镜子并没有奢望，艺术家的成就，渐渐露着烽火的光芒。

A省有名的血花剧场，和赛西牙的跳舞台上，时常现映着一个美丽可爱的女郎。每在夕阳西下，灯光闪在A省的街道上，活泼，漂亮，头发梳得光光，美丽西装的少年，一群群的向着血花剧场或是赛西牙的跳舞台走去。自然，这个，他们是看戏与跳舞去的。在这里，是应当要顺便说一句：就是只有星期六的晚上他们才到赛西牙跳舞台去，其余的日期都是到剧场去的——因为星期六晚间赛西牙的跳舞才开幕呢。——总之：我们在剧场上，看见那班青年，他们都是坐在特别座里，茶房特别地围住了他们在那里拿水果和点心。他们——青年们，在未开幕以前，照例一个个口中嚼着食物，戴着"克罗克"眼镜儿的眼睛光溜溜的在向着四面有女人的地方看去，雪茄香弥漫在座的四周，瓜子的声音非常的好听，偶然也从他们这个小团体里送出一阵阵愉快的笑声——大概他们在谈着恋爱与新剧的故事了。

台上的幕开了，一个个的懒着脑袋，一对对的眼睛集中于台上去，大大小小不同的鼻子，嘴，面孔，都露着一种新的希望的情调。于是，我们现身于舞台并不久而已驰名于这班青年心曲上的镜子女士，伊饰着剧中女性的主角，由台内出来了！那时我们可以预料得到的，台下是一阵的鼓掌声，夹着一两声"好……"，尤其是那个特别座里青年们为甚。美丽的镜子女士，晶滢滢的一对眼睛，装在伊的面孔上正适其中的鼻子，小小的鲜红的嘴唇，嫩白而端正的面孔，以及富于肉体美的手臂……再加上很艺术的修饰，使头发圈曲得成为有光彩的波曲的纹，服装是那样的适合于伊的身体，回合着伊肉体的曲线，臀部异常的肥大支配在袅娜而细小的腰间之下，……如此，便成功了美丽的镜子女士，如此，便醉倒了很多的青年，博得"A省美人"的称呼！

镜子是很善于交际的，特别座里的那班青年，差不多都是伊很好的朋友。至于那些青年们的成份，多半是学生，艺术家（？），文学家（？），新闻记者，军官……总之，是一些有名的大人物！这班大人物的青年，他们和镜子由认识而变成了朋友的机会，并不只是在血花剧场，多半是在赛西牙的跳舞台上。在那里，那是每个星期六的晚间，他们可以和镜子女士在同一张桌上用着晚餐，饮着葡萄美酒，手挽着手，肉体与肉体相紧凑，眼睛对着眼睛，呼吸紧张，神经上便麻醉，在毡毯的台上，含笑地唱着《爱神之来》的歌声舞蹈起来……。镜子的交际便是从这些地方而开始，渐渐地认识了A省的大人物，以及这些热心于艺术的青年。

A省血花剧场和赛西牙的跳舞台上，每天晚间都演着这样的喜剧。

同时，因为镜子的美丽，善于交际，便成了有名的艺术家！——女艺术家！

当然，镜子造成一个女艺术家，也并不只是很简单的一回事！伊有天才——这是为我们所公认的！伊除却演剧的动作，表情，跳舞的袅娜，活泼，青年们的生命常葬在伊微笑的唇边以外，伊还能够音乐，钢琴弹得很好，幽婉，新颖，抑扬，动人听觉之官能的歌音，A 省有名的音乐家——留法国什么音乐院的——是非常的爱听与非常赞许伊的。镜子也能够绘画，也能够作文，A 省《真美》杂志上时常刊印着伊浪漫风格的图画制作！《朝露》杂志上也曾发表了一篇创作——秋之歌音，引起了唯美派文学界视线的集中，并且 A 省有名的老批评家，给了伊"处女作家"的一个徽号，增加了伊在文学界里的地位——因为镜子十九岁那年，进了美术大学，伊研究艺术，同时也就醉心于文学呢！

要之：我们的镜子女士，在 A 省沉醉于伊，生命在伊微笑之唇边上而跳跃的青年们，的确宣传镜子是一个女艺术家。

镜子在这样的生活中——所谓艺术的生活——渡过着伊的青春时期，虽然伊的装饰一天天的走在潮流的前面，是艳丽，是时髦，终究，时光那是讨厌的东西，伊二十一岁了，在肉体上或是伊是增加了美点，而伊的天真，那是消失了！伊自从十八岁的那年秋季现身于剧场与跳舞厅以来，在这三年中，伊也曾离开过 A 省到远远的 S 埠，渡过海住过日本的东京，在这些地方表演伊的艺术，然而，不知为了什么，伊渐渐地厌弃于这种生活了！

那大概是在一个春天的时光吧，空气是非常的爽畅，和风带来了一种新生命的力，斜阳已经西斜的时候，镜子因为身体上有些不大舒适，支持着疲困的身体在沙发上。面孔有些憔悴，心境上感着异样的烦闷。近来伊觉得这样的艺术生活，伊有些厌烦了。十九岁以前，因为虚荣的趋使，伊很喜欢去接近于那班所谓有名的大人物，大人物们的热心，增加了伊艺术生活的兴味，但是，二十岁上，伊渐渐地觉得那班大人物的热心，并不是希望于伊的艺术，在大人物的诚恳的语声之中，希望的微笑之中，对于伊是含有狰狞的野心作用的！是有一种潜伏在内的奢望的！那简直不把伊当着人去看待，是他们的玩物，开心的工具呀！伊是二十二岁了！还没有得着固定的一个丈夫，灵肉的冲突使伊不安于伊所有的环境。伊也常想得一个固定的丈夫，终于因为目标太多的原故，虽然有几次几乎和伊所心爱的情郎发生肉的关系，究竟伊还有一点灵魂的存在，自主的能力终于胜了情感的蛊惑；伊还是一个处女呢。

镜子好久不看书了，伊自十九岁以后，时间多用于在交际场中，舞台与剧场上，环境并不需要伊去看书，绘图……这些东西。今天，因为过于寂寞了！于是伊无聊地翻阅着一本戏剧——《时代之牺牲者》——原来，镜子的看书，不过是一种消遣，但是，以剧中的情节，人物，居然感动了伊！几乎——可以说，这本剧本，给了伊的一种新生的力，伊神经紧张，心头跳跃，几年没有流的眼泪，如狂风中之暴雨一般，绵绵地流了下来……

那本戏剧，是描写一个年青的女郎，伊因为恋爱的故事，失败了！伊几乎自杀。后来那女郎投到革命军中去，伊智识很浅，又是小姐的体格，不能胜任别的职务，便任看护妇。从那里，女郎得了很大的安慰，渐渐的了解革命是一回什么事，伊开始反对礼教，反对家教，反对法律，……并且牺牲了家庭，爱人，集中了精力去反对现代资本主义的社会制度……。这幕剧，简直给伊现在这样生活的一个反映！伊更感着这样的生活过于无意义了！

镜子很同情于《时代之牺牲者》里的主人，为了这，伊极欲知道作者是谁，在最后一页上，镜子看见了作者的名字——秋田。

便从这一天开始，镜子消失了新鲜的情调，面孔上罩着一层愁云。镜子不再到艺术大学去了！剧场上，舞台上，也失去了镜子的踪迹，伊病倒在床上，愁苦了伊的母亲。

病中，爱伊的教师，大人物的朋友们，以及伊近来所更接近，在客观上都承认那就是伊未来的丈夫右华先生——陆军大尉的儿子，伊的表兄——都前前后后的来看伊，但是，伊很厌烦，心头感着空虚，都被伊拒绝了！右华走来看伊，很温柔的询问着，镜子却不像从前了！伊发起脾气来——这是为人们素来所未见过的——转身将面孔向着床的里面，大哭了起来。然而，这，却更动了伊情人的心，右华更进一步的来表现他的忠实，说了很多情人们在情人之前应有的忏悔的话，这个，却是没有效力的，镜子简直打了他一拳头，恨声的说道：

"你走，我不认识你，你们这些都是自私自利的东西……"

右华只得怏怏地走了出去。这事却急坏了母亲，也流下了眼泪。

在恍惚的病中，镜子偶然用着朦胧的眼睛看在壁上的图画——那都是伊浪漫艺术的制作，伊非常的愤怒，不安，起来完全扯坏了！

病中的镜子，并没有服药，也没有什么大病，只是烦闷的异常罢了。伊唯一的只读那本《时代之牺牲者》，而其他的，过去所爱读的，浪漫主义的，唯美派的，颓废派的文学，伊不愿意再读。只要一看见那些含有浪漫意味的书面——什么《海角的歌声》，《流浪的悲哀》等东西——眉头便要皱了起来，说道："这些都是代表资产阶级非时代精神所需要的反动文字！"

自后，镜子的思想简直有了大的变动，伊痛恨伊过去的生活——

那简直是非人的生活！荣耀，尊贵，财富……这些，伊都觉得是自私自利者的需要，和现在社会上所有的资产阶级的文学，艺术，是一样地无意义。伊反对资产阶级，在社会上所占有名利的人，都觉得是很讨厌的东西！资本主义制度的社会中，一切都是讨厌的！

在过去，镜子是很讨厌于革命党人！因为从人们口中所传来的革命党，是一个很下流，很野蛮的暴徒！镜子自读了《时代之牺牲者》以后，知道革命党并不是那样一种可怕的东西！革命是为的穷困民众的生活，是要改变社会矛盾制度的方式。

病中的镜子，给社会上沉醉于伊的青年，政客，资本家，都有了莫大的怀疑——竟有一些谣言，说右华与镜子发生了肉的关系，要生育小孩儿了。这更使镜子讨厌他们是"非人的动物"！

是从母亲那里，得来了一个消息，说是 A 省也有革命党人，预备暴动，全城的空气不宁与紧张起来，并且说革命党的领袖是秋田。

秋田，这两个字惊觉了镜子的神经，伊从床上坐了起来，说道：

"秋田？"锐敏的目光注视在母亲的脸上。

"是的，革命党，秋田，暴徒，流氓。"母亲说。

镜子忽然想到《时代之牺牲者》的著者，伊重看了看《时代之牺牲者》的最后一页，果然，一点不错，著者是秋田。镜子的神经又紧张了！伊想着，秋田……虽然暴徒，流氓等名词是很不好听的。

镜子有二十多天没有外出了。因为伊要去见革命党人秋田，在下午的时候，伊很秘密地到伊同学川泽家里去——因为校中很多人说川泽是革命党。——便是在川泽的家里，想尽了方法，前后去了七次，才遇着了伊所崇拜的人。

镜子遇了秋田以后，不知为了什么，流下眼泪……自此以后，镜子便离开了艺术的生活，忘去了从前的一些大人物！一意地去接近秋田，母亲时常不明白自己的女儿是从那里回来的。

镜子自结识了秋田，伊是非常的心喜，而开始去过着政治的现实的生活——老实说：就是在那时，镜子去爱着秋田，秋田做了伊的丈夫。

三

我们已然知道，镜子的母亲是很爱她女儿的。

镜子在十八岁名震了Ａ省的都市，在艺术界占领了地位的时候，伊的母亲觉得镜子未来是很慈祥的，幸福的，天穹在奏着镜子未来的福音。

但是，她为了女儿，也非常的伤心，减失了她身体的康健。——这，就是因为她的女儿做了为人格，为宗教，为法律，为社会，所不容许，不名誉的事。

镜子的家族，多数是陆军大尉的官吏，是贵族，地主，资产阶级。伊却和一个穷汉，为政府所驱逐，面貌黝黑，和工人农民为伍的革命党人发生了爱的关系，而且没有正式的结婚……。尤其，伊牺牲了在社会上已有的成绩，使艺术界损失了一个明星，使文艺界摧残了一枝花朵。母亲认为这是女儿的不幸入了歧路，是自己未来的希望涸了泉源。

母亲的希望，是要她的女儿做一个艺术家，文学家，至于和艺术大学的教授，她的内侄右华结婚，是她认为这是女儿一生的幸福。右华是一个二十余岁的青年，在全国的艺术界，甚且国外，都知道有个右华。她女儿的成名，右华帮助的力量却大着呢——因为镜子的画，小说，都是右华删改而后发表的。而且，他美丽的身材，英俊，可爱，而且他是一个陆军大尉的公子——A省很多财产是他的。

活泼的镜子，在伊所有的青年朋友中，曾经是非常的爱着右华，这是一种事实；伊母亲很能知道。伊离开了母亲，要是不见右华，眉间一定是悲伤的——不独眉间，心头上也是悲伤的——挽着美貌的贵族公子，在跳舞场中舞蹈，在菜馆里吃菜，在公园里与情人挽着手儿散步，歌诗，赞赏着艺术之制作，摄影，讨论着浪漫主义的幽灵，研究着拜伦，雪莱的著作……这些，在过去，伊觉得是无上的荣耀与尊贵呢！镜子在病中，谣言说伊与右华有了孩子，也就是根据于这些的了。伊的母亲，希望着这一对情人爱的热度，如芬芳之花的香艳，两人却陶醉于这芬芳之香气里，永久地浓蜜着。

至于美丽时髦的服装，新鲜可口的食物，母亲时常买了这些给她的女儿。

唉！谁知道呢？镜子的思想如此的剧变起来？母亲所希望的伊完全抛弃，母亲所不希望的，伊却完全接收了。伊不再去绘画，读小说，写诗，倦于到剧场与舞台去，和右华一天天疏远起来，甚且痛恨着右华的来看伊。装束，食物，脂粉，伊都不需要，母亲特为女儿买的一张钢琴，上面堆满了灰尘，默默地立在墙角。小资产阶级的风态，布尔乔亚的习气，伊都不要，普罗列塔利亚化了！老实说：伊实在憎恶资本主义制度的社会，眼圈里只看见一些饥寒交迫的奴隶！

这样，伊的母亲更怜爱着她的女儿，以为布尔乔亚的生活还没给女儿以一种满足呢！

可是，不幸得很，有一天，右华气愤愤地来告诉伊的母亲，白的脸色都变青了！他说伊有了一个情人，革命党的流氓，不只是爱，而且伊给他——那只流氓强奸了！伊的母亲呆了，无力地倒在沙发上晕了过去。

晚间，镜子回来，见了母亲的颜色不对，倒在沙发上流着了眼泪，右华坐在母亲的身旁，以仇视的眼光瞧了伊一眼。伊知道了，知道他们在谈论着伊，伊的行为将要受他们非正当苛刻的攻击。但是，伊并不恐怖，不怯懦，坐在母亲对面的椅子上，母亲没有讲话，伊便说道：

"母亲！你别要为了女儿伤心，你的心事女儿完全知道了。但是，我有我自由的意志，和我自由的思想，我不能受他人的支配；我不能满意富贵主义制度的社会——贵族，财富，尊贵，荣耀，……以及依这些为根据的法律，宗教，人格，道德，……这些都是假的，是人吃人的社会，是富人贵人用来保障自己的阶级和欺骗穷人的滑稽把戏，富人用劳工神圣的口号使穷人甘心做奴隶，用劳银代价的制度使穷人做牛马……只有社会阶级消灭的时候，那时才有人的社会实现出来……"

伊说着，母亲并没有讲话，大大地呜咽起来，右华沉默着有些恐惧。于是，伊又接着说道：

"现在已没有方法使我的思想变更过来，而且我爱秋田，我便是秋田先生的妻子……。"伊的目光发怒的射在右华身上。

"哎呀！……我的……"伊母亲悲痛到十二分的说道，"……镜子，我的好女儿，你别要再说了，你的话使我伤心……"

"但是，我亲爱的母亲，你只有一个女儿，你希望着你的女儿，你爱着你的女儿，女儿完全知道，而且爱着母亲的。不过我不能因为个人的幸福，家庭的幸福和安慰着母亲，而牺牲了我的意志和思想——一个人可以不要幸福，但是不能不要意志和思想。"

"然而，我的女儿做了不名誉的事……"母亲颓然了，大哭了起来。右华坐在椅上不觉也流出了热泪。

"母亲，请你别要伤心，我不是为自己辩驳，我不能服从现代社会中所有的法律，礼教，人格……这些事！我已然说过，这些都是假的。"

"难道人格和名誉都是假的？"母亲说。

"是的，假的！试看今日社会中有名誉的人来讲吧，这些人都是官僚，政客，他们所有的钱财，都是从穷人那里用假定的政纲，法律剥削得来的。他们的名誉，也不过封建思想很深浓的人们去崇拜，封建的哲学，造成了社会上这样的秩序，名誉？那不过是压迫多数穷人的定律呀！"

"唉！我不能再听我女儿神经错乱的话，我的心痛……右华，你扶我倒在床上去吧。"

右华扶起姑母向房里走去。镜子心中有无限的热火，伏在桌上呜咽着，感觉得母亲过于不能谅解她的女儿。

一会儿，右华从房内走了出来，在镜子的身旁坐下，很久很久地却没有讲话。直到泪珠儿直滚了下来，才含着恐怖鼓着勇气说道：

"镜……妹，"他的声音有些颤抖，"请你恕我，我，可以为……妹妹牺牲的。可是妹……妹应当要记着母亲——妹妹只有一个孤独的母亲。……"

"谢谢先生，"镜子仰起头来，掠着头发，不待右华的话说完毕，说道，"这是先生的好意。至于，先生可以为我去牺牲，这不是文学，也不是艺术，这是哲学，使我不懂！……"

一回儿，右华并没有回话，于是镜子又说道：

"先生是一个艺术家——有名的伟大的艺术家，却为着一个女子去牺牲，做一个爱情的傀儡者，未免太无聊了！人生应当为着他所信仰的事业去奋斗，却不应当和爱情去奋斗！"

"……但是……母亲……都是……要的。"右华有些不自然，感着有一种压力在心头上，羞涩在他胸中。半晌，才这样地说了出来。

"我没有说不要母亲。最后，我诚恳的告诉先生：请你别要因我而留恋，因为我们的思想相差太远了！假使过去的一年，我们……现在是不能了！我的名誉，我的人格，为社会上所攻击，诋毁，但是，我的意志是坚决的，你们既然诋毁我，就请你们离开我吧，我不能……"

镜子立起身来，走到母亲房间去了。

自后，母亲便病了——心痛，吐血，面色很难看。然而，她是爱女儿的，没有与女儿为难。不过，陆军大尉的亲族，艺术界，文学界，以及从前宣传镜子是女艺术家的大人物们……都是攻击着镜子的！右华又有关于镜子极不名誉的宣传。……

一天，镜子忧郁着，母亲才知道秋田已离开Ａ省了，母亲欣然，以为此后可爱的女儿可以脱离那个革命党的流氓，而做一个艺术家了！但是，事实上并不如此，还有很多为母亲所料想不到的事件在后面呢！

四

秋田去后，镜子在每天的下午，斜阳带着它热炎的火焰隐在西天的林木中去，一缕金黄色的残辉，照在屋的角上，凉风从树林中飞了过来。镜子便依着楼槛，沉思着伊的丈夫。（因为夕阳西下的时候，便是平常邮差来的时候。）伊的眼睛，时常去深视着楼前的草地，露在袖外的手臂，枕在槛杆上，手儿常抚弄着额间的乱发——这是伊的习惯。

伊想着：

"一周以前接得他短短的来信以后，便不知消息了；他病了吗？他有了危险吗？他在受着反革命派的侮辱吗？……"

伊又想着近来 S 埠反革命的政府，痛恨革命党人，拘捕，刑罚，暗杀，S 埠上时常挂着人头，S 埠的江中时常浮着尸身……伊恐怖了，肉都颤动起来。

伊时常如丝似的去思索着一切，但不能断定伊所想像什么是对的。伊只想在最短的期间，能得着秋田的来信，而解释伊所怀疑的一切。

果然，在伊怅望着的今天，走进了一个绿衣的邮差。伊喜出望外了，伊知道这一定是丈夫的来信，信里的话可以解释一切疑惧了。伊狂了一般，如飞着似的——在跳舞的时候是常用着这一种步调的——走下楼去，沉重的脚步，在地板上，楼梯上发出咚咚的声音。

"什么事？"伊母亲在房内叫了起来，"跑得如此的快？"

"信。"伊在楼梯上回答着。

邮差递过一封信来，伊很喜慰，是 S 埠的来信，是丈夫的字迹，心头跳动着。然而，不幸，信拆开了——伊的面孔变了颜色，灰白得可怕！唇边，两手，身体都颤动起来，血在体内沸腾着；没有看完来信，已然地倒在地上，在地上转动着，大哭起来，两足在乱敲着地板。

伊的母亲惊怖着扶了手杖两足无力地从房内走下楼来——因为慌的原故，打破了一只很有价值的茶杯。

"什么？……我的……镜子？"

"他……入狱……了！"镜子的哭更其悲怆了！

"呵！"母亲大大地吃了一惊，"……入狱……了吗？"从镜子手里拿了那封信来读着：

"镜子，我爱的镜子！请你转告我的朋友，你说：'我已在 S 埠入狱了。'我已经判了无期徒刑，我将终身在铁窗之下过着黑暗的生活；我将永远地别离了你，和你们。并且我将永远地别离了世界。我的思想，我的工作，我的自由，我的一切的一切，都从今天起，与我脱离了关系——只有我活着的躯壳在狱洞里蠕动着。我已不能看见革命的旗帜在东半球上去飘扬，我也不能听得民族解放之歌声震荡于东方的小民族的国境。

"但是，我希望着，深深地希望着，希望有一天，你们的努力，成功了我们的革命。你们拿着鲜艳的旗帜，救出了受布尔乔亚所残踏的饥寒交迫的奴隶，以及受着封建独裁政治所压制而入狱的我们！被压迫阶级的奴隶和狱中的囚徒，将在解放的一天和你们唱着胜利之歌，高呼着被压迫阶级的奴隶与囚徒解放万岁。

"你们应当要记着：我们做了囚徒，甚至于做了刀下的鬼魔，但这并不是我们的痛楚。在狱墙之外的你们，做了资本主义社会制度与封建独裁政治统治之下的奴隶，和我们做了囚徒与鬼魔是一样地可怜！我们要有被压迫阶级的觉悟，只有准备我们的血与头颅去冲毁着资本主义的黄金之宫，和封建独裁的政治！以我们爆发的火花，为送资本主义到坟墓里去的葬礼！和扫除封建独裁政治在社会上的遗迹！

"镜子，别要悲伤，别要流着了你的眼泪，别要显露怯懦的女性弱点！虽然你已能了解了我们革命的理论，但你究竟是艺术家，文学者，不能完全消失了小资产阶级的色彩。要知道：现在的斗争已经开始了！他们——反革命——有的是金钱，有的是权威；我们——被压迫的我们，我们有的是头颅，是鲜血，血流不尽，头断不尽，胜利最后是归于我们。

　　"革命是社会的要求，社会构造的全部形式发生了矛盾，于是便形成了伟大的革命！社会的生命是演进的，不会有沉灭的一天，那末，社会生命所要求的革命火焰，也不是反动的势力之所能扑灭。

　　"我们还要记着：革命是被压迫穷困的阶级的革命，而工人是最革命的阶级。

　　"镜子，你是革命的，你到鲜艳的旗帜之下去，那里是藏着你的光明，你的生命！我不愿意你因我入狱而哭泣，革命者是天天在危险的环境之中去奋斗的，入狱算不了一回什么事！你，应当要到革命的战线里去，贫困，劳苦，不要忘去自己是革命的被压迫的阶级。你的泪，你的血，应当向着我们鲜艳的旗帜去漫洒呀！

　　"你们别要留恋堕在狱中的人，你们应当自己去冲破围困着奴隶的资本主义之阵线，打毁你们自己的牢狱。

　　"我不能多写，也没有什么可写，因为我已得着了脑病，我的话便止于此。今后我们没有再见的时候，有的，那便是你们——是我们——胜利的时候，事业成功的时候。

　　"镜子，朋友们，努力吧！

　　　　　　　　　　　　"——狱中的秋田，七，十八。"

　　镜子的母亲，此时由瘦黄的病色，变成了灰的，死的，枯泪流在两颊，无力地将镜子从地上扶起坐在椅子上，很用力地震动着声带，说道：

"我早已知道你将有很大的危险和不幸，你不听母亲的话，牺牲了已获得而将要更进展的幸福，去过着凄寂为人们所攻击的生活，现在，果然，母亲没有欺骗女儿，事实是实验着的。"

母亲说着，喘气很利害，好像有什么东西塞在呼吸的气管里，灰黄的面孔上，流着了眼泪。镜子只是呜咽，坐在椅上，细读起那封信来。

右华走进来，丰满的颐颊，表现着衰败的色调，好像大病了一次似的。见了室内母女二人的悲景，不知为了什么，在镜子对面椅上坐下的时候，流出眼泪——也许是艺术家富于感情易于感伤的原故吧？镜子的母亲，见了活泼，闲雅，可爱的内侄走了进来——在诚恳的态度上流着了清泪——是一个已成名的艺术家，镜子不爱他，却转移了爱他的情绪去爱一个穷困的革命党人，一个暴徒，一个囚犯，这是一个很大的刺激，心头更痛楚了，喘咯的结果，吐出了两口浓痰，痰里面含着了一块大的血迹。

右华倒了一杯茶给姑母，迟缓的说道：

"姑母的身体一天天衰弱下去，应当自己保重才是，镜妹的事已经如此了……。"

"哎呀！你知道吗？秋田在Ｓ埠入狱了！"

"呵？……革命党人……"

"你看信罢。"

镜子表现着没有精神似的，倒在椅上，母亲将那封信拿来递给了右华。不知是表同情于秋田呢？是可怜镜子？还是看了那封信有些感动？但是，的确，右华看了那封信以后是流着更多的眼泪的。

"唉！完了，什么也完了！"母亲很颓丧的说，"一切都牺牲了，还有什么幸福？"

右华默然，含了泪的眼睛偷看了镜子一眼。

"母亲！"镜子忽然说起来，"这是女儿的事，你别要为女儿悲哀，我早已知道有这么一回事，但这算不了什么，我们还准备着大的牺牲在后头。"

"你还不觉悟吗？"母亲有些怒了！

"什么觉悟呢？"但是，伊仍是固执着，"你们只知道幸福，你们却不知道被压迫阶级的奴隶在受着有钱有势的人们摧残，我们的幸福，便是他们的苦痛！你们的什么道德，良心，哼！那不过欺骗人的，试问：为什么有钱有势的人们要用劳银代价的方法去奴隶穷人们？甚且，穷人们的努力劳动，结果还是得不着饭吃？这里还有什么道德？良心？"镜子简直演说了，"……老实说：在资本主义制度的社会程序中，没有真的幸福的！……秋田入狱，在你们封建思想很浓厚的人们看来是可羞的，难道这是可羞吗？他为了政治的斗争，为了被压迫阶级的解放！而且，秋田的入狱，这不是我个人的损失，这是我们被压迫阶极的损失，革命党的损失；我的悲哀不是为了丈夫，是为了革命！"

"镜——妹！"右华露着了愁容，这时鼓着了勇气说道，"你的意志很使我感动，在你眼光中，秋田当然是英雄，然而……"

"秋田不是英雄，"镜子急切地说道，"不是小说里的豪侠，是革命者——革命不是英雄事业，也不是领袖事业，革命是民众的事业……"

"是的，"右华吞吐其辞的说，"然而……然而为了多病的母亲……而且……人们一定……能够谅解你的……他已入狱了，你能……"他已没有话可以再说了下去。

"什么？你的话是艺术家的话，很神秘，使我完全不懂。"镜子怒着了眼睛，右华羞耻起来。

"呀——是我的女儿呀……"母亲想了往事，和听了女儿的话，为女儿前途愁闷，女儿前途是有无限的雾，在沙发上放声的大哭了！

右华安慰着姑母，不时的以目光睨视着镜子。

镜子将散抛在椅子上的来信，拾了起来，看了一眼，气愤了！用力握着了两拳，紧咬着牙齿，立起身来，悻悻的说道：

"打倒——一切反革命派！"

又无力地坐了下去。伊这样的意识，好像是完全对着右华而发的。

五

在 A 省的这些地方：发现了一个面貌很端正的女郎——虽然伊的衣服是朴素的。

在被压迫阶级的群众中，伊常在那里开会，演说……在武装的民众中，伊成了一个武装的军官，训练他们去作战争的方式……。在贫民窟里，那里住了多数因机器而断手折足的残废工人，室内非常龌龊，但是，在这里，时常看见伊，伊在抚摩着他们——残废工人——的伤处，看护着他们……。

伊的面孔是沉静的，灰白的，态度是严正的。究竟伊是谁呢？伊就是镜子。

伊绝对不同从前，简直和从前是两样，伊的浪漫，骄养……都没有了，变成了一个果决，刚毅，努力于被压迫阶级之解放的革命的女郎。

母亲大失望了！原来，母亲希望在秋田去后，女儿便不再去想他，入狱，更是革命党人不可接近的一种证实，从此恢复女儿过去的事业，然而女儿并不如此，简直进一步地做了革命党人了！

深秋的时候，瑟瑟的西风，从树梢上抹了过去，残枯的叶儿无力地舞了下来。镜子的母亲，因为女儿失了健康，病一天天地加重起来，就是这个时候辞了伊的女儿到黄泉之下去。

镜子的母亲死后，伊只流过一次的眼泪，虽然尹知道母亲是为爱着伊与为着伊而死的！伊也不是怨恨着母亲，只是伊觉着在这个时代里应当要抛弃了一切的爱与憎，去和着一切代表灰色的，绿色的，白色的，黑色的——一切反动势力去决斗，救出了地狱里的被压迫阶级。

有的时候，镜子也想起圈伏在牢狱里每天只吃一块面包，一点冷水，头发圈曲得很长的丈夫，但是伊并不能觉着这是悲哀的，一心的，去努力于伊的工作。

母亲死后，亲族和第二三阶级中的大人们，从前爱伊的情郎们，对伊攻击着更利害，简直使伊不能容身于家庭！至于右华呢？在艺术馆里绘了伊可羞的像挂在壁上，和另一个美丽的女文学家结了婚。——女文学家的名字便是 A 省有名的霖云女士。

然而，镜子并不觉得如此的环境是孤寂的，灰色的，与悲哀的！伊离开了家庭，投身在被压迫阶级的群众中去了，伊觉得贫民很可爱，见了他们，伊是很欣慰的。

……跳舞，演剧，绘画，歌诗，……这些已成了伊生命史上过去的几页，就是狱中的丈夫，死了的母亲，也成了过去了的过去！只有——只有未来的事业与伊的生命在那里决斗着的。

人们时常议论着镜子，很不能同情，说是一个女郎，为了穷丈夫而牺牲了一切。

但是，伊是为了丈夫吗？

六

一个落雪的冬天，传来了一个可怖的消息，A省发现了革命党人的大暴动！

……

自 杀

一

在一个冬天的星期日早晨，美丽的阳光从窗上窥临于我室内。我躺在沙发上，镜依偎于我的怀抱，我的官能陶醉在女人所特有的肉的脂粉香里，感觉着神秘的快慰。

我在看一份报纸，好像"……国军攻下海州，……拥……复职……"这些字儿给了我脑海中一个浮浪的印象。

"好了，中国快要统一了，那末……"

我这样的联想以后，便深深的吸了一口纸烟，吐出了浓郁的烟气在阳光中缭绕起来；镜将头偏了一偏——她怕烟。我顺手翻开了报纸，……与……的结婚照片，很有力量的吸引了我的视线，于是我又想道："……非他不行，他是党国的柱石，……"便在镜的小唇上接了一个甜蜜的吻。

正是这时，娘姨送了一封挂号信来，很厚地，我知道，这是抱了革命之热忱半年前到东京游学去的潘君，又来了什么得意之作了。我拆开以后，镜和天真烂漫的孩子似的，玩弄着那个信封上的日本邮票，在唇上吻着。她与日本帝国主义接吻了，我默读着那封信道：

"浒君：

"此间自文学家芥川氏自杀以后，引起了全国视线的注意。最近又有一个青年景印子自杀的消息，他并不是什么有名的人物，不过他自杀的事件，一样地引起了全国视线的集中。我们不论景印子的思想怎样，或是全部错误，但他残缺不全的日记，至少也可以对于我们含有伟大的吸引力。——他的日记不是文艺的描写，是拙笨的感想录，在这里我要顺便说一句。

"景印子自杀的事件，此间的报纸差不多都有记载，而他的不全的几页日记，虽然为社会上攻击得很利害，不能引起读者予以醉心多数党的同情，多方面予以不名誉的批评——老实说，我就不能满意于他的思想行为——但谁也有以一睹为快的感想。所以我特将全文译来给你，尚企你予以痛切的批评而发表出来，敬祝你与镜的幸福。

"潘风吟于东京，十一月三日。"

老实说，我反对一个人去自杀，我一听得一个人去自杀，我的头脑便涨得异常的痛！我更不愿意去加以批评与读他的日记了——而且银行里很忙也没有工夫——所以我看完信以后，便将这一大包的东西丢在抽屉里，和镜用着牛奶与面包的早餐，桌上玫瑰花的香气一阵阵地冲进我的鼻腔。

一天，镜去审视母亲的病，我因为银行里过于忙的原故，没有和她同去。但心中却是愀然，我并不一定为着病的母亲，实在不大能够离开了镜。应当，在今天下午二时以前，镜是要回来了。所以，下午，我和银行告了半天的假，坐在我的楼槛上，听觉的官能完全注意在马路上的汽车，视线注意在弄口。但是二时已经过去，镜仍然没有来，我虽然唱了一段《打渔杀家》，以遣寂寞，终于敌不住胸头的烦闷。于是我忽然想起了银行里那位比我更胖的行长——他的十八青春美丽可爱的姨太太；她水滢滢的眼睛，她嫩白而微红的面庞，她的纤手，她袅娜的身躯，她跑路时左右波动成一个轮廓线的两股，她和我的表情……一幕幕影片似的显现在我的脑海……我想起了爱情的神秘，一个人假使为了失恋也许是会要自杀的。这时，我忽然又想起前几天潘君寄来那封自杀事件的信了；也许景印子的自杀是为了恋爱吧？那倒是很有趣的。于是景印子引起了我新的发现，便在抽屉里搜出那一大包的原稿读起来。

二

"……自杀，自杀，我为着我矛盾的思想刺在我的深心，我要去自杀，我为着我的意志我的思想，被我自戕而死亡，我要去自杀，我为着我不能信任我自己的这样浮浪不定的行为，我要去自杀！唉！自杀！我为着恐怕我要投降到反革命的阵线上去，所以要自杀！

"是的，我也很能知道：自杀是弱者！自杀是愚笨！自杀是反人生意义的下意识行为显现！我不赞成自杀；我反对自杀！自杀是可羞的，自杀是非人性的动物！

"然而，我要去自杀，我不能不去自杀，我只有自杀是我的智慧。自杀，偷偷的跑上了我的心头。

　　"在四年前，我曾准备去自杀，我曾准备着将我的生命抛在江里。但是，近四年来，我很反对我这种卑鄙和怯懦的行为。我宁可在枪炮之中被打死，我反对自己去寻死。我觉得自杀的唤声是怪讨厌的，自杀的死尸是最可耻的！

　　"然而，为什么四年后的今天，'自杀'，又浮到我的胸头来呢？我为什么矛盾一至于此呢？

　　"不错的，四年前为着了生活，我要去自杀，为着了社会的冷刺，为着了人群的热嘲，我要去自杀，为着了冀以眼泪流成了的文字，取得了编辑先生的同情而得一点稿费以来维持生活，所以到报纸上去发表自杀的文字——这是无异于以刀自戕其身献于群众之前以冀群众怜悯之施舍的江湖卖艺者一样的下贱行为了——现在我的自杀，当然不是为了这些。我不是为了生活，若是为了生活，那末，我可以做几篇反革命文字，更丧心病狂一点，杀几个多数党人，如此不独可以维持生活，而且可以有升官发财，一跃而为党国之要人的机会呢！试看现在不是有很多的青年如此吗？我也不是为了什么热嘲和什么冷刺，我根本觉得资本主义制度社会中无产者的我们是茫茫夜荒原中的旅客，到处有荆棘和吞没我们的魅魑，要流了我们奋斗的热血才会见到火星的光芒。假使一个人受了这种社会上有产者的压迫便去自杀，那是降服于资本主义制度社会下的傀儡动物，是自己予以自己的讥讽与侮辱。我更不是一种以生命去买他人同情的自杀把戏，和以自杀去欺骗与敲诈任何人的金钱来维持生活——虽然我是穷困，但自信还不会如此。那末，我究竟为了什么要去自杀呢？为什么要走到我认为不对的自杀之路去呢？"

三

我读了这里，还没明白景印子自杀的真因。大概——据我的推想，他自杀的动因不是为了以上的这些，或许是为恋爱了；或许他是革命的，他的爱人是不革命的，他因为爱她也就变成了不革命的，一旦自觉，于是就要去自杀！或许……总之：一定是为了恋爱。……于是，我又继续地读了下去。

"……四年前我曾抱了满腔的希望来到东方巴黎的 S，然而资本主义制度十丈红尘的社会中呀！所给我的是什么？是罪恶，是失望，是狰狞的面孔，狰狞的心，在那里掠夺私有的财产！在这里，我做过乞儿，尝了不少西装少年和丰姿翩艳小姐太太们的唾声，睡在马路上受过不少次数帝国主义者可怜的傀儡动物红头阿三木棒的敲打，尝尽了饥寒交迫的风味。我做过工钱奴隶的工人，资本家对于工人金钱与时间的计算，工头得了一点特殊的利润便承受了资本家的使命来压迫驱使工人，我看穿了剩余价值之榨取的资本家的心！

"这四年中，我也曾因了'生活'要去革命，我去当兵，我曾举起枪来对敌人去瞄准，我曾抱负了推翻现社会之制度的热忱，我曾到过革命空气很浓厚的 H 省，……

"在 H 省，我见了很多革命的农民，无产者的工人，他们是永远的那样勇敢，忠实，我才开始认识，革命的队伍里只有他们——革命的队伍里只有多数党所领导之下的他们。

"我认识了多数党，我渐渐地了解于多数党的主义，政策，和接受多数党的努力。我有了决心，有了伟大的决心，只有资产阶级消灭的时候，才是革命成功的时候。我的傲慢，小资产阶级的心理，虚荣，恋爱的生活，……我开始去抛弃，我打破了一切革命生活以外欲念，我有了阶级意识的觉醒。

"然而，我虽然抱了这样的希望和这样的诚意去奋斗，但是，我的行为是浪漫的，摇荡不定的，我的思想是矛盾的，我的意志是薄弱的，小资产阶级的心理依然埋伏在我的心头，我的情感的冲动，时常去战胜了我的理智！因了这些，使我变成一个不革命的人，使我苦痛，甚至失望！这些事实，是一片片的织在我过去生活的景幕里。现在我已失去了意识自主的能力，我不能回忆我的意念，我只好抄写我日记中的几个断片在下面——这里也就是我要去自杀的背景。"

——"……H省的政变，已达到不可收拾的局面了！此间的军事领袖，完全是一些地主阶级，他们要做'迭克推多'的魔王，他们要做'慕沙尼亚'的后人，他们要抛去了政策和主义，而做'法西斯'的信徒……现在只有贝加氏没有离开革命的阵线，在准备着作最后的挣持……我已不能再在这样代表资产阶级去革命的假革命派的社会党做工作了！我由同事喧君的介绍，到贝加氏军部去工作了。"

——"我欣然地到了贝加氏的军部，然而意志薄弱的我，终于在军部将要移动前进的时候，我离开了军部而东归回故乡来了！"

——"在船上，我这样的后悔；唉！我能做一个革命党人吗？我的个性如此的强烈，我的主观色彩如此的浓厚，我没有牺牲的精神，我终于没有勇气在革命形势十分严重，革命关键十分重要，革命空气十分紧张的环境中去奋斗，我还自命是一个多数党的信徒，其实机会主义裸体形态的我，已一丝儿不挂地表现在事实之前呀！

"虽然在我主观上的感觉，是因为有病，是因为怀想了四年没见的故乡，是因为不愿意和不允许我加入多数党的平君同事……。但是，这些吗？这些是我下意识行为的自辩！有病，我们看见：在前线打反革命派的兵友，他们饿了几天还是要打，他们没有了子弹还是要打，他们十几天没有睡觉，躺在风吹雨打的壕沟里还是要打……他们没有因了饥饿而退却，他们没有因了子弹缺乏而怯懦，他们没有因为疲苦而灰心……在特殊的革命环境之下因了一点小病而休息，能算是一个革命者吗？能担负伟大的社会革命之使命吗？说了怀念四年没见的故乡，那更是可羞了！革命党人便是时代的牺牲者，他的事业便是在牺牲了一切而努力主义的实现，家庭，爱人，朋友，可以——而且是应当牺牲的。即便父母或是爱人或是朋友是一个反革命派，我们可以拿起刀来去刺杀他们的！在特殊革命环境之下而想起了家庭，这是封建思想支配下的灰色动物，不是革命者，我们应当打倒他！至于说不愿意和不允许我加入多数党的平君同事，那更是反革命派的口头禅！革命党人只知道革命派与反革命派，不知道私人的关系，今以私人的关系而离开了革命的阵线，根本是一个反革命的行为！况且，因为'不愿意和不允许我加入多数党的平君同事'，平君不允许我加入多数党的原因，是一个革命的问题，与不革命的问题，因为我没有加入的资格，我不能谅解这些，我反与他成了私怨，这是更具体的反革命行动了！在另一方面说：喧自己都没有工作的地方，而给我以工作的机会，我却辜负了他，在革命的感情上来说，他日更有何面目去见喧同志呢，而我在特殊的革命形势之下，终于离开了革命的阵线东下来到反革命派的营垒了！"

——"……这是我到家后的第三天，我原想在家休息，做机会主义者而待工作的时机。但是，我家乡的四周，是充塞着劣绅的势力，他们崇拜英雄主义的革命领袖，他们崇拜金钱，他们去借着反动的权势去压迫和欺侮劳苦的农民，他们还自称是什么农民协会的执行委员！他们使我心痛，他们的言论使我发怒！我终于不能不痛骂他们的丑态和诋诮他们卑鄙的非人类的行为！因此，我得罪了劣绅们的尊严，我是被逐而被捕入狱了！

"捕我入狱的是一位 N 司令部什么政治员桂馨的。那正是六月的天气，炎热常在百度以上，桂馨他从城里找到乡下，从乡村找到城里，我终于在一家旅馆里给他找到了。在途中，他曾告诉我：他因为捕我，三日三夜没有睡觉，没有洗浴，也没有换衣服，平素每天都要洗浴两次的。而且——而且在这样的热天呢！我答道：'哦！你真是忠实同志。'不知为了什么，我说了这话，政治员的面孔红了起来。到了 N 以后，才知道他捕了我有三百大元的代价呢！无怪桂馨先生要如此之热心了。"

——"……到 N 的第二天，我进了改良派的社会党的党化监狱。"

——"在狱中已半月，我茫然，若无所感似的！今天，陆军同学会特别为了我，组织了一个审判委员会，由什么怕龙主席审判的。怕龙是一位矮得可怕的人物，他紧起眉头对我喝道：'你知道我吗？我在陆军和你同期。'但我实在笨得可怜，一点也不能记忆。后来我才知道怕龙先生曾和鼎鼎大名改良派的领袖党国柱石米水氏通过一次党政问题的大信，在《陆军潮》发表，所以怕龙的大名便轰动一时，全校为惊！于是我们的主席怕龙先生从那时起，便成了陆军学校的要人了！怕龙原来是陆军同学会的什么科长，大概是因为他和米水氏通过一回信的原故吧？于是他的权力超过了党，有审判改良派社会党的我的权限，不用改良派社会党去加以审判了。

"怕龙判我'经多方之证明，景印子确系多数党，即判无期徒刑……'我没有反抗，也没有反抗的必要，因为当时在反动时期，每日杀人成千累万，血淋淋的人头挂在城上，体无完肉的尸身抛在江里，工人，农民，被用机关炮打死的，堆积了如同小山，鲜血是染浸了草地没有干净的时候！至于我，被判为无期徒刑而免于——死，那真是幸事！不过我自信，我决不会终身死于牢狱，至多一年二年，我便有出狱的机会，因为我深信反革命的政府决不是几许反革命的武力所可以维持呢！"

——"在狱中，我们的一监一共有一百二十五人，真正的多数党人只有七个。而改良派的社会党占百分之十以上，其他之投机派亦占百分之十以上，再，就是左派了。但这些狱者，并无其他反革命的罪名，不论其为何派，完全说是社会党；民族资产阶级的黄色的社会党，他的革命的意识也就可想而知了。"

——"近来的社会党在闹着滑稽的把戏，所谓民族资产阶级的独裁派和地主阶级的改良派合作。——在狱中的我们，也听得这种消息的空气……"

——"独裁派和改良派的合作已成为事实了，我们却得了一个出狱的机会；那大概是黄色社会党党务审判委员会的主席古月民，政治头脑不十分清楚的原故吧？古月民以为这种合作是改良派的胜利，而改良派与多数党暗中是把手的，他更以为从 H 省来而被捕的狱者，都是改良派所派来秘密工作的多数党，所以大大的开释 H 省来的狱者，以便见好于改良派，而取得机会主义。但是，古月民这是一个政治手腕上的大错误。'机会'是错了！然而，判了无期徒刑的我，诚然出乎我的意料之外，我原想一年二年以后始有出狱的机会，现在却不到两个月便出狱了！"

——"现在政治上的情形更为复杂，反动的势力依然非常嚣尘，我狼狈的来到别离已四年的 N 市，政治上自然没有我愿意立足的地方，我开始计划着恢复四年前的文艺生活。可是离开文艺生活的园地已经四年了！而且四年前，我并不是一个能够文艺生活的青年！我的稿子既然没有精彩的地方——是和我脑筋一样地没有组织的！而且是满纸的错字，不通的句调……文艺的生活我不能不失望了！……

"我近来的生活，已走到被面包压榨得不堪言状的地位！我不能不去乞于友人，甚至于乞求于并不相识仅有一面缘的友人！但是，这种孟浪的行为依然是失望的！自后，我竟有每日只吃十二个铜子儿稀饭的时候，竟有一天不吃的时候……

"我是住在青年会的五层楼上，阳光每天从我的窗上移了过去，呼萧的北风时常使我打着寒噤……我开始回忆着过去的梦影，过去的错误，矛盾……深深地在我心上刻划着一条伤痕，血从眼睛里流了出来成了含有盐汁的水！"

——"在这穷困的时候，我忆起了四年前在S市过劳工与乞丐的生涯，无产者的农工阶级，他们的苦痛，忽然浮到我的面前，一样地浮现于我面前的是布尔乔亚狰狞的面孔和恶毒的心！

"我忆想着整个的革命问题，我觉得我国的革命运动并没有失败，不过是和改良派与独裁派的分家而已，多数党的革命运动依然在进展——而且是急进的时候——C省的农民运动已到了不能制裁的程度，产业区域内的工人仍然团结在鲜艳的旗帜之下，遇了时机便有暴动的可能……

"总之，生活愈压迫着我，我要和多数党发生关系的精神便愈紧张。……"

——"今天，黄昏的时候，我在S街遇见了我所久别的平君，我是惊喜不能自持了！我问他何时来N市，我问他贝加氏军队失败的原因，我问他行军的情形……他因为街上充塞了反革命的侦探，于是说道：

'你住在什么地方？'

'青年会五层楼上。'

'好，后天晚间七时到你那里说吧，现在不大便利。'

"因此，他和我握着手走了！我从他的背影望去，我了解他是非常在怆惶，因为他怕我做资产阶级的走狗，做狼虎成群之辈呢！我不恼怒，我觉得他忠实的态度是很对的；在这种反革命与革命势力斗争剧烈的时候，有很多意志薄弱的人，他们为了金钱，他们为了一时间的侥幸，他们便埋去了头脑，他们便卖丢了良心，他们便投降于布尔乔亚灰色的旗帜之下做非人的动物，去残害以热血为改革社会制度而努力的青年，去暗杀拿着艳旗呐喊向布尔乔亚冲锋的多数党人！平君他恐怕我就是如此的人物，不能怨怒于他，而且我这样的灰色，意志薄弱，行动浪漫，反革命的怪影时常在我意识界中徘徊，无怪他对于我的机警的态度！……"

——"今天是平君约会的日期了！晚间，我在室内徘徊，我待候着七点钟的快到，我想从平君那里得来很多的消息，我想从平君那里知道贝加氏和反革命军队作最后决斗的情形——那是很有趣的，听了使人血管会爆裂的——我想以诚恳的态度要求平君允许我和多数党发生关系……

"但是七点钟了！七点十分，二十分，……三十分……五十分……八点——平君仍然没有到来，我知道了！平君不会来了！他恐怕我有反革命行动呢！假使我是革命的，为什么要离开贝加氏军部呢？这时，我不知为了什么，热血沸腾在我的胸头，眼间流下了酸楚的泪！

"天呀！我将永远变成为进化的人间所摈弃的人……

"我悲哀着我的前途，悲哀着在迷惘之中彳亍而行的我，生活的魔王，又来张开了可怕大口，猛凶的爪牙桎梏了我的生命！我是到了不能去生活的时候，即使在这样资本主义制度社会中做一个奴隶式的寄生者，又有什么意义呢？

　　"在我没有饭吃的时候，工作那是要的，我将投降到反革命政府的统治之下做一个官僚吗？若是说'我身虽在反革命政府那里做事，而我的心还是革命的'，那恐怕是自己骗自己的话吧！那时有官位来引诱我，有金钱来引诱我，我又想着美人，去组织新家庭……意志薄弱的我，自己就不能担保我自己！而且到资产阶级的政府去工作，当然要做几篇丧心病狂的反多数党的文字，因为反革命政府之下的工作人员，不论是买办，还是土豪，甚至劣绅，变相的新式军阀……——本来黄色社会党就是地主豪绅官僚政客的党——第一要紧的是反真正革命的多数党！我愿意如此吗？我愿意违没我的意志吗？我愿意自残我的思想吗？我愿意做时代潮流的叛徒吗？假使一个人想维持着他肉体的生存，而抛弃了一切的意志，思想……这诚然是等了'活着的尸'！我宁愿不要我'活着的尸'的存在，我要我思想的存在，我要我意志的存在！我要打倒一切反革命派，我不愿投降反革命派！什么是革命派？只有代表工农无产阶级去革命的是革命派，其他都是假革命派！

　　"我想在现在的社会上随便去找一点工作，但是资本主义制度的社会之中，什么工作也是要'钱'或'人'的担保的。'人'？现在我有什么人？革命者不信任我，反革命者是我的敌人，亲戚故旧素来讨厌我，故乡有反革命的社会党通缉我，朋友因我来自革命空气十分高涨的H省都怀疑我！'钱'呢？我有了钱也不必去找工作！而且我是一个无产者那里有钱？我在H省虽有近百八十元一月的薪金，但是，我是主张废除私有财产制度的人，素来没有积蓄一个钱，我 H 省回来没有到家钱已完了！

"这样社会上，还有什么是我做的呢？

"我要去做工人吗？现在他们都有组织，忽然外来一个工人，而且是一个智识阶级模样的人，谁也要注意你，恐怕未到工厂以前反革命的政府便认你有'过激'，'秘密工作'的嫌疑而拘捕入狱了！就是如此，我还是愿意去做的，但是，谁处的工厂容纳我？我实在没有找到地方。

"我愿意去做奴隶，侍仆，但是，谁要我；谁要我我就去！

"在这样的情况之下，恐怕我终于要因了'生活'而投降到反革命势力之下去做走狗吧！为防免我将来反动的起见，我忽然想起了四年前的自杀！四年前我的自杀，是无意义的，是消极的，是反人生意义的下意识行为表现，四年后的今天呢？是为了矛盾，意志薄弱，自己不能担保自己……所以去自杀！"——

四

我读了这里，明白了景印子的自杀并不是为了恋爱，实在是为了思想和行动的斗争，这种自杀，可以说是思想战胜了矛盾的行动吧！

总之：我很失望地，丢开了未读完的稿件，吸了一枝纸烟在楼前徘徊起来。

而镜还没有来！

我不免有些焦躁了！总算景印子自杀的事件有些引诱我的所

在——虽然我不表同情于他的自杀——于是我又读起来：

——"昨天，我沉思了一夜，和我别离已四年的'自杀'，又偷偷的徘徊于我的意识界！我知道，我一谈了自杀，一定有人咒骂我，不同情于我这种蠢笨动物下意识行为！但是，我并不要得着资产阶级的先生们给与我的同情，我的确不能到反革命的阵线上去！

"在我模糊恍惚精神上受了重大打击的时候，朦胧的眼睛，看见那天天在我窗前偷偷跑过的太阳，又走到我窗上来了，好像要告诉我什么好消息似的呢！正是这个当儿，同房的翼君，叫道：

'不得了！B地是多数党的了！'

"这句话给了我一个很大的刺激，我忽然从被窝里跳了起来：

'呀！什么？'

'多数党占领了B地。'

"我走下床来，冲到翼君的前面，拿了他手里的报纸读了起来，一行大字直刺着我的眼睛里来：

'多数党暴动占领B地……'　'弓圭氏逃亡C南……'

"呀！热血冲流着，兴奋占领了我的胸怀，我跳了起来，我高声叫着：'呀！英特尔，纳雄维尔……呀！'我忘却同房拥有家财百万的翼君了！他两目深深地注视于我，他……

'怎么？你？……'翼君的话止于此了！

"我忽然惊醒了！恐怖占领了我的胸间，于是我说道：

'很可恐怖的多数党呀！'

"翼君没讲话，我想他一定说我是多数党呢！

"我始终拿着那张报纸在室内徘徊，那'B地多数党暴动……'几行的字儿，永远永远刺在我的眼里，深深的印在我的脑中……

"直到茶房来的时候，他说道：

'景印子先生不怕冷吗？今天很冷呢！'

"我才知道身上没有穿衣服，脚上没有穿鞋子……。我走上床去，在穿衣服的时候，我含着笑容呼了三声……革命胜利万岁！ B 地限于艳色恐怖的世界，屠杀，焚烧……呀！伟大呀！无产者也有出头的时候！曾记得反革命党人枉死了成千累万的无产者，他们的腥血永远漫流，他们的双目永远没有瞑闭的时候，他们是布尔乔亚宰割的傀儡……呀！也有时候，也有时候，也有我们报复的时候呀！

"我正要洗脸了！忽然接得一封来信，那是平君的来信，他说昨天因为有事，今晚会来看我。我欣然，他并没有看我是一个反革命派！

"我如同魂魄冲在天穹，如黑夜间长途孤旅者看见了明灯的照耀，只等待那黑夜的到来，听平君的好消息呀！

"自杀的影儿，又暂时的离开了我跑向天边去……

"灯光洒在房内了！楼下帝国主义文化侵略的机关 —— 教堂 —— 充塞了红裙绿衫的女郎 —— 人妖 —— 以及穿着西装，头发梳得光光的才子（？）青年 —— 怪物 —— 和一些希望上帝给与他更大的幸福的老人们，他们 —— 他们在听得耶稣'有人打你左边耳光，你右边的耳光也给他打'的奴隶主义的吩咐！接着，是传出了资产阶级黄宫座上愉快的歌声……

"十丈红尘的 N 市已经浸占在夜色之中 —— 那是 N 市黎明的时候，资本家，买办，官僚，妓女……这时候正现在各大街市，游戏场，菜馆，旅店……平君要来了……

"平君来了！我欣喜异常，因为房间之内有翼君的原故，我便和他向江滨公园走去。平君开始说了：

'……这次的失败，是军事计划上的失败，但是整个的革命并

没有失败，……现在我们第一个口号是土地革命……'

"平君说着，面孔是露着诚恳的微笑，但是他始终怀疑我是反革命派！他很机警，不敢畅谈，言词间无非是一些出于不得已的句调——我们当然无心思去赏玩江滨和月色了——我于此种环境之中，不觉空虚占在心头，我要说的话完全消失了！我也无心听他的话了！我若是在此种神秘环境中吐露我的一切，在他一定会觉得我是欺骗他的，于是我完全失望，我们便在公园的门外握手怅然而别了！"

——"近来，我恍恍惚惚的过着机械的灰色生活，我的头脑差不多到了停止了思想的状态。如此，我当东西，写着不能成篇的作品——当编辑退回原稿时，我总觉得编辑先生是瞎了眼睛的，但过了几天以后，自己又知道自己的作品太不艺术了！

"我渐渐地到了不能生活的时候了！一天，我受了公寓主人逼迫到不能自己的时候，我正希望着稿费的一篇稿子，正是这个时候，茶房送来了一大包的双挂号邮件，我知道原稿又退回了！我颓然拆开了那邮件，那编辑先生附了一封来信：

'景印子先生：

'大稿《到何处去》接到，又仔细读过两遍。材料确佳，只是表现不见深刻。各人言语，似未能充分表达其内心。作者又未能于此点多所发挥。是以只成普通叙述苦生活之小说矣。

'屡承惠稿，颇欲采用，未能如愿。又知亟需费用，无能为力，实深愧恶！幸予原谅，即请旅安。

'弟草勺子上。'

"我读完了来信，吁了一口长气。我觉得草勺子固然是热心，忠实，但是信中的'愧恶'与'无能为力'一定是有用意的！……——怕我借钱。总之，我的文艺生活是破产了！"

——"胖子公寓主人，今天又来了两次了！他那一副几何式的面孔，加上短的八字胡子，声音很高而并不十分用力的嘴唇，使我见了便失去了自主的能力！在他第二次走来时，我愤愤的说道：

'等一个星期，不给你的房钱，送我到巡捕房去。'

"于是，公寓主人才悻悻然的走了！

"我在室内徘徊了一遍，我的右手不住地去抓着头皮。下午的时候，我伸开一张白纸，拿起笔来飕飕的写道：

'昂格尔主义之矛盾与错误

'自经济史观的昂格尔主义，第一次在……试行，便遭了一个大大的失败。虽然，现代的资本主义，发现了矛盾点，在掘着最后的坟墓。但未来的世界也决不是昂格尔主义可以占领着历史上之重要区域的；因为昂格尔主义的本身便有很多的矛盾和弱点的存在！

'……的革命以后，国际的党人高叫着昂格尔主义的胜利，以消灭国际间反昂格尔主义的学说战胜了昂格尔主义，而进长昂格尔主义之……'

"我写到这里，我并找不出昂格尔主义的解点和矛盾，我的手颤动起来，我的心震荡而跳跃，我的面孔变成了死灰的颜色……我不能——不能再往下写了！我不能因为生活问题而制造许多骗人的谣言，做思想上的叛徒，沦落了意志，丧失了良心，去做反革命派！我为什么现在居然丧心病狂一至于此呢？我为什么意志如此的薄弱呢？我为什么要借这卑鄙的行为而为解决生活问题的进身之阶呢？我常说近来有很多青年为了官位，金钱，美人，而去做狼，做猪……现在为什么我自己要去做狼做猪呢？'矛盾'刺在我的深心，我流了清滴滴的眼泪！

"我受了理智的裁判，我受了心的责备，我便想着如何去解决

'生活'问题了。但是，现在已没有解决我生活的事件，我在上次准备自杀的时候已经想过。而且，我自己非常恐怖自己，假使我依然如此的生活下去——即使生活上没有什么问题，而意志薄弱的我，恐怕终于有一天，有这么一天，我受了金钱的引诱，我会跑到反革命的阵线上去，我会做假革命派的俘虏！我这样'矛盾'的人，我这样已经杀了自己的思想，杀了自己的意志的人……

"北风从屋顶上呼呼的叫了过去，灰黯的云笼罩在天空，鹅毛似的雪片飞了下来……现于我眼前的，是一张稿子，稿上的字给我越看越大，越看越大！我拿起了桌上裁纸的一把短刀，咬紧了牙根，两眼放大突出了眶外，血涨红了颈项与面庞，刀头直指在喉间……

"我准备自杀……"——

五

我读了这里，不觉摇了摇头，微微地笑了一笑，说了一声："真是……神经病！"稿子便给我丢在字纸笼里。

因为镜还没有来的原故，我很愤怒！无聊地读着报纸上……氏复职的通电"……"

楼下有了女子的足音，哦！镜回来了……

笨家伙

　　"笨家伙：

　　"我真不愿意写信给你，因为你太不懂得道理，所以只好给你一个痛快的忠告。别的不说，只说你写给朋友们的信吧，无论这个朋友与你有无关系——所谓关系，当然是你从前有过利益的事件于他的——你都是不客气，不是说自己穷，便是说要借钱……在朋友之前宣布自己的丑状，引起朋友们讨厌的心绪，而不知道'难乎为情'！穷人与借钱是世界最羞耻的事呢！要知道：世界上的人，便是要有钱，有钱便什么也有，至于借，哼！这真是穷人的笨想！

　　"唉！我说，你真是莫明其妙，过于笨拙！你也做文章，写诗，作小说，但是，你是一个笨家伙，你能了解幽灵美化，高尚神圣的艺术吗？虽然从前某小报上也登载了你一篇《死的尸》这算得什么呢？这那里是艺术呢？你笨拙的脑筋，你不知道自己的笨，却依然的写着小说，终日的，用着笨的头脑，笨的手指，在纸上乱画着，你却不知道在纸上你找不着出路。而且，谁要看你的大著呢？只要看着笨得可笑的字，眼睛都坏了！

"你天天有稿子大包的寄来，你要知道我是很忙的，唯美派王尔德的《陶林格莱之肖像画》我正在翻译着——这个你不懂，这个才是美的，艺术的艺术，超人生的艺术呢——所以我是很忙的，而且我要写信给我留学在各国的文学家，讨论唯美派的艺术，以及请女学生们去吃菜，这种交际是很要的啦！我那有功夫来玩赏你这些谈不到艺术，专写着农民工人的一些笨的艺术之著作呢？我不要看你的文章和字，只要看了你那一封信，便要皱着眉头骂笨家伙了——我不同你客气，因为同你客气你不懂，而且我是你的表兄，你的哥哥是一个著名的律师，和我很好，他要我教训教训你，不然我也不写信给你了——你说如何穷困啦，乞求似的口吻，和不用退回限于某月某日等字样——在事实上也未尝不可写，不过人们都是这样，穷人都觉得讨厌——当然的，我不能受你这个家伙命令式的妄求！

"最初，我都可说和你客气，一包包仍然将那些笨的艺术白纸上涂得很大很大可怕的字的东西（实在不像字）退回给你。后来，因为你不知道这是客气，太麻烦了，天天遇着笨家伙来挣扰，所以只好将那些东西向字纸笼里抛了！

"今天又得了来稿，我没有看——老实说，你的稿子我每次都不愿意看——来了一头的火，而写了这封信来，请你以后别要再投稿吧！

"编者，九，十二。"

笨家伙看了这样的一封来信，气坏了！眼泪都掉了下来。

他真是一个笨家伙！只要你看见了他那愚鲁的面孔，和终天含着泪水现着懦怯与迟钝的眼睛，以及和人讲起话来好像生硬不能运动的那张嘴，你就知道他是一个笨家伙！

笨家伙从来没有和人家讲过三句以上有系统的话，都是半天半天的张开那个运动十二分困难的大嘴，露着怯弱而蠢得讨厌的笑；表现着奴隶的情调，没有一点反抗的精神。也没有看见他正式和人握过手或是行过礼，都是见了朋友便不自然起来，呆立着好像木偶一般。也没有一个人把他看做朋友，是一个"活尸笨货"，谁也是如此的去看他。

笨家伙真是笨得可怜，他依然是饿着了肚皮，做着文章，想借稿子卖几文钱来维持他笨的身躯。并且在他的稿子里，还带着有宣传他的主义的色彩。错字，不通的句子，异想天开有点神经病之意趣的造意……涂得满纸。编辑先生退回了他的稿件，他却怒着持了艺术之光的编辑先生，说他"偏见"，"主观"，"武断"，"反流的编者"……写信大骂，同时因为肚皮饿得太可怜，又哀求编辑先生给他一个大……。

笨家伙今天得了编辑先生一封痛责的来信，他却不灰心，流着泪儿而写他的文章。他写道：

"世界上只有笨家伙，会饿着了肚皮倦伏在草堆里没有饭吃；世界上也只有笨家伙是最讨厌的东西！同是一个人，有心灵有手还有足，然而却有些笨家伙在街道上讨饭，伸出他那龌龊而且臭得难堪的手，唤出蠢笨如同猪吼的声音：'太太，老爷，大人，先生……给我一个大……'还有一些人，他愿意做奴隶，受人家的欺侮，打，骂，……他妈的，面包不是那一个专有的，自由是先天付与人们的权利！他妈的，为什么不去做土匪？为什么不去做暴徒？做土匪，做暴徒，虽然也有不幸的时候，可是比奴隶，亏儿要痛快得多了！

"现在的世界就是一个斗争的世界。有钱的人在计算着如何可以扩大了黄金之宫，如何可以减少工钱奴隶工人的工资，而增加劳动的时间……军阀天天在牺牲为饭碗问题而去当兵的弟兄们的血与头颅，而玩弄着刀枪炮和地盘的把戏，少爷，小姐在纱罗帐中做着英雄与美人的幻梦……总之：人们在运用着他聪敏的脑筋斗争着的。只有笨家伙他们在现代社会下做奴隶，做丐儿，不去以热血洒在自由之花，不去以头颅创辟自己的世界！

"他妈的……"

笨家伙显然在发牢骚，写感想录了。不过这样的东西寄到报馆去，编辑先生当然又要摇摆着身体说神经病了！

说到笨家伙的历史，那末，显然是无什可记载的；这个，那就是他的爱人和当排长的事了。说也奇怪，这个笨家伙他还有一个妙龄女子的情人！

这是几个月以前的事了。

几个月以前，笨家伙他曾穿了一套灰色的军服，带着了几十个灰色动物，充任某新军阀统治下的一个小排长儿。那时，有个女郎，在某咖啡店认识了他。知道了他的大名是笨家伙，便欣然起来，要做他的朋友。因为那个女子曾在某小报上看见他的大著，已经羡慕他了。现在，居然看见了他，而且做了官——虽然是排长，究竟是官——英雄与美人的思想在小姑娘的胸怀中奔腾起来了！

笨家伙虽然不漂亮，一副黑而大的面孔，着了几点的麻子，鼻子异常高大，和一双小得如同一条黑线在眉下微微动着的眼睛……要是用唯美派文学家的笔来描写的话，一定会说是一只猪！但是骑在一匹肥大的白马之上，倒也有些新英雄主义的色调！能做文章（？）又是革命的（？）而且做官（？）还有马骑……小姑娘确是爱他了！

他究竟是一个笨家伙！小姑娘虽然爱他，他却是寂然。除了请小姑娘在咖啡店吃点心，喝咖啡茶以外，他心中简直不记得有个爱他的小姑娘。但是在马路上走着的妓女，少妇，小姐，和笨得难看的乡下妇人，他却时常以小眼睛去偷看着她们的背部，腰部，以及美术家所注意的模特儿的臀部……。

笨家伙和他的情人简直没有谈过心爱的话。只有一天的夜间，他和小姑娘在普海春喝着汽水，小姑娘忽然说道：

"你不爱我吗？"这句话是何等的骄养而动人！

"爱你……"他笨得真讨厌，以这样不和平粗鲁的声音去答着爱人。

"为什么你不……"小姑娘的脸红了，唯美派的文学家来描写的话，一定要说是"含苞的桃花"。

"我们结婚好吗？"

"那一天呢……"小姑娘脸更红得好看了。

"就是今天。"

"那可以呢！社会上的人们不是要笑我吗？"

"你是我的妻子，妻子和她的丈夫结婚有什么好笑呢？"

"因为不正式结婚不是人家要笑吗？"

"什么正式不正式，只要我们爱，要形式做什么呢？"

真是笨了！笨！真笨！那有结婚不用形式呢？社会上旧礼教应当打倒与铲除了，难道新礼教也不要了吗？还是小姑娘不错，结婚当然要形式，不打锣坐汽车，然而在耶稣前面念"我爱你，我保护你"，这也是要的呀！因为他笨，那懂得社会上的哲学与公式呢？因此，女郎虽然是他的爱人，每月向他拿牛马生活换来的几十元钱去维持女郎的父母生活，结婚可就没有希望了！

不幸的笨家伙，他不知道拍主帅的马屁，高唤几声"拥护"却大骂主帅是军阀！原来他这次在徐州打奉军是很出力的——笨人什么也没用，伸出笨的手，拿起枪来，咬紧了牙齿，去送死，打冲锋，那倒不错呢——主帅见他是可笑的忠实走狗，可以升他一个连长，只因他不讨好，主帅怒了！把他送在党化囹圄中过了一个多月的囚徒生活，几乎要了他的脑壳，后来有人证明他是神经病，才幸而进长了笨家伙的生命，出了牢狱，可是官是没有得做了！

笨家伙却是一点也不苦恼，将所有的东西抛给了情人，和情人别离了。情人的脸上似乎在流着眼泪，他呢？板着面孔，好像没有知觉的木头，大步的上了轮船，一句情话也没有，心中还在说道：

"他妈的，你别要做出花样骗老子，老子走了，你也骗不到了，老子什么也给了你……"

于是笨家伙就如此无情地离别了他的情人。

情人也知道他太笨了！简直是一块粗糙的石头！而且又不做官了！而且他的东西也完全给了她了！而且说不定他要讨饭了……很聪敏的女郎不再爱他，也不再写信给他了……真的，写情书给这样的笨人做什么呢？

笨家伙并不是没有家庭，他有很富足的兄弟，有钱的姐夫，还有养得很胖的老婆。他真笨，不知道回家去做福太爷，却流落在上海做乞儿般的生活。他从党化囹圄里出来以后，便别了情人到家中去了一次。这次回来，真是出乎他的意料之外：一年以前，家中人们和有钱的乡绅们真不满意于他，他不知道钱是一样神圣的东西，去挣钱，他还要骂他的父亲和乡绅们是守财奴，不应当去欺侮穷人。（不欺侮穷人们乡绅那会有钱？）甚且他和演说一样，在无聊的失业的乡民前面宣传起来。说什么打倒大地主，还要打倒土豪劣绅，说这些东西就是欺负他们的魔王，要打倒他们穷人才能生存，才有饭吃……如此，引起了他的父亲和乡绅们的讨厌了！因为他的宣传确是有了效果，失业的流氓，叫化子，没有钱给地主的穷光蛋，简直准备暴动了！于是，就是那时，笨家伙被乡绅们和他的父亲指为"逆畜"，"下流东西"，用棍头打了出来——乡绅们和他的兄弟打他好像打野狗一样……

他这样的笨货，离开了家庭，还有什么办法呢，除了自杀？这个笨家伙他还不愿意去死呢！他在月光照着的江岸上，树影珊珊的深夜里，默念着人生的苦恼，他要摧毁现在的社会，他主张消灭社会阶级，世界大同……叱！笨家伙，他却想起社会问题来了。他上了船，还不愿意把这笨家伙丢在水里去，却把笨家伙带到上海来了。笨家伙到上海来干么呢？资本主义集中之焦点的上海，要他吗？他妈的！

笨家伙在上海做乞儿，在那很冷的天气里，他穿了一件龌龊臭得不堪的单衫子，也没有鞋子，头发很长，乱蓬在头上。脸上的污尘，简直不像一个人了——是个鬼——活鬼！他的声音也叫不出来了，见了人咱咱的唤着，伸出黑鬼般的臭手。晚间是睡在马路上，身体是冷得打战，红头阿三来了，在他瘦得只有骨头的身体上，用木棒乱敲一顿，他失去了知觉似的，勉强张开朦胧的眼睛，爬起来向前走了几步。骨头冷硬了，再也不能行走，于是又倒了下去，失去了意识似的好像死了一般，几次几乎给汽车压死。

笨家伙在上海做工，在跑马厅里割草，做洋大人的奴隶，将草割了给洋大人打球，跑马……。

笨家伙在上海做文氓，写着几篇莫明其妙的文章，什么打倒帝国主义……什么打倒民族资产阶级的军阀，……什么非资本主义的社会革命……什么打倒资产阶级德漠克拉西的孟雪维克党……以这些不合时宜的东西，甚至要因此类文字而入狱的东西，送到编辑先生那里去，跪在地上，流着眼泪，求售……。

后来，笨家伙知道这样的笨人，在现代社会上实在不够生存的程度——因为讨饭是失望的，做工也没有得做了，文章那更是学者的生活与他不宜——他太无掠夺私产的程度了！这时，刚刚来了一个机会，一个好机会，当兵。他知道只有当兵还可做一个动物，不然，只有在马路上饿死了！于是他去当兵了。并且他还梦想着如果他有机会还要去革命呢！

果然，他当兵，官长因为他忠实，勇敢，愚笨，不知道怕死，给他由兵升了官——排长。

家人早已知道他在外做官了，却不知道他的官早已丢掉，还在牢里坐了一个多月。家人那知道呢？见了官回来了，那还了得！从前怨他的，骂他的，打他的……都来了，都来看官了。

人们告诉他，他的父亲已死了，老婆还比从前更美丽了，……他却和石头一样，动也不动，一点感觉也没有，别要说眼泪吧，只沉闷着那副笨得可笑又可怜的面孔！

然而笨家伙还是个笨家伙，官的笨家伙并没有什么别样，大得可怕的面孔更其苍老枯黑了！笨家伙他不会撒谎，也不会吹牛皮，更不会摆官架子，他直直地说了一大堆的话，无非在宣布他过去的历史了……。后来，人们知道笨家伙还是个笨家伙，没有什么了不得，而且官也没有了。就是做官，当一个小排长儿，简直比狗还臭，谁怕他干么？谁来看他呢？乡绅们的一腔热忱——如同从佃户那里骗来了十石谷子一样的热忱——都由一百二十度降到零度以下了！大家只留了一个印象，是"真是个笨家伙，讨厌而且莫明其妙，不做官了吧，为什么不弄一些钱回来呢？"

笨家伙太不自悟了！他不安本分，在家里有饭吃，有衣穿，还有胖子老婆——虽然胖子老婆和他的感情不好，另外有个美貌少年情人，可是在形式上究竟有个老婆——何尝不好呢！他呀！还是和一年前离开家乡时一样，和一般流氓，失业的乡民，组织什么农民自卫军，要打倒土豪劣绅，大地主，土地还给农民……乡绅们当然和他不客气，有一天，在日儿已西斜的时候，西风瑟瑟地吹着，梧桐的落叶在吟着秋意的歌音，他从农民自卫军里开了会回来，乡绅们一把抓住了他又长又高的鼻子；说：

"他妈的，送你县长那里去，暴徒！"

笨家伙虽然反抗，叫，跳，骂，说他们是猪，不应当欺贫民，讨很多的小老婆——他妈的，你为什么在外面找情人呢？你不是有胖子老婆吗？——打麻雀牌，不应当吸鸦片，以贫民为他们的奴隶……

终究，这些话一点也没有用处，笨家伙被两个警察送上了轮船，还有一个县党部的常务委员——是一个有钱的劣绅——在监视着他。

于是，笨家伙又重来上海了。

在上海，笨家伙是做文章，当东西，发牢骚，饿着肚皮跑马路……资本主义制度的社会给与他的恩惠是如此。

已经是冬天了！北风在屋顶上狂吼着，好像要把笨家伙吃了下去似的！天空布满了灰色的流云，露着了怒的面孔，雪，一阵阵地飞了下来。

笨家伙什么也没有了！大衣是丢在当铺里，冷气向他压迫着，使他打战，牙齿"得得"的发出声音，他倒在榻上，拥着了一条破烂的被窝。雪从破窗上打了进来，他已没有抗抵的方法；也不能做文章了！

　　这时，笨家伙被势力，金钱，和滑头心理征服了！他笨的脑筋，发现了现社会全部构造上的生活定律来，他回忆着他过去的历史，家庭，朋友，爱人……都是假的，只有钱是真的！例如从前有几个喝酒的朋友，由他介绍了去做副官，便很和他要好，现在这几个副官，都做了大官，住的是三层楼的洋房子，他去的时候，他们也不理了……

　　什么事，都拥在他的胸头上来，但是，他好像又发现了以上的定律的错误似的，在喉里哼道：

　　"他妈的……享乐的个人主义，近代资本主义社会矛盾病的公式……消灭社会阶级……智识阶级是靠不住的东西……别要做学者……到农工群众中间去……以伟大的火花送资本主义到坟墓里去……哼……"

　　笨家伙不住地哼着，但是以下再哼的些什么，只有天知道！

　　风仍然在吹着，雪下得更大了，窗上，窗下，屋内，被上，都堆满了白色的雪花。

　　笨家伙的身体已冷硬了不能再动，血已不能再循流了！眼睛里也不能再看见什物，失去了光芒，思想也停止了，哼声也从细微到只见紫色的唇在微微的动。

　　在笨家伙的眼睛里发现了一个火花爆发的时候，于是，笨家伙死了！

　　从此，这个世界上已不再见这个笨家伙，然而在世界上的这些笨家伙正多着呢！而且都感着现社会的不安，矛盾，在抗争着，蠕动着……。

老妇人的三儿子

　　在这交通不大便利的如皋县，虽然只有十多爿小店的杨家桥，总算得是一个小小的市镇了。凡是住在县城以南的乡下人，他们要到城里去做买卖，或是田主因佃户不能照例纳租要到衙门里去诉讼，以及其他类似的事件——一句话，县城南乡的人要到城里去，一定要经过杨家桥。

　　杨家桥到县城还有十多里的路程。午前挑着，用小车堆着柴草和谷子到城里去卖的乡下人，或是田主和讼师坐着小车到衙门里去公干，……他们走到杨家桥，差不多都要丢下他们肩头的重担，抹一抹头上的汗珠，攒进杂货店或是茶馆，呼呼的吸几口水烟。至于田主和讼师们，他们都是照例进茶馆，抬起腿来喝几盅茶，而谈一谈他们的诉讼问题。因为这些，小市镇的杨家桥便热闹起来。

　　杨家桥虽然以桥得名，但是杨家桥的桥并不大高明，那大概是多年不修的原故吧？乡下人的挑子与车子，走上经过的时候，它都是那样表示颓废而摇摆起来。而且桥的宽是不到三叙的……

总之：杨家桥的故事，那是写不完的。现在，我只说桥尾东边一家杂货店里老妇人的故事，而且只是老妇人的一件事……

　　老妇人的杂货店，距桥，至多也不过两丈：我们不能那样记得清清楚楚，那是什么时候，大概总是四年前，四年以前，我们这位老妇人的杂货店，由郭家塘迁移到这杨家桥来。在这里我们要补叙一句：那时我们老妇人的老丈夫还没有死。

　　在杨家桥附近十里甚至二十里的地方，差不多没有不知道老妇人的——很幸福的老妇人。她有一爿杂货店，有二百几十亩田，有二千多洋钱存在钱庄，每月有二十元的利息……老妇人虽然不是什么大的财主，在杨家桥，总算得是发财的人。

　　老妇人是老了，大约总有六十多岁了吧。较四年前移到杨家桥来居住的老妇人，那我们现在的这位老妇人是老得多了！她的头发已经花白，前顶有些秃然，两眼有些眊睎，脸上深刻着老人所特有的皱纹——一句话，她是老了。但是，从老妇人生育了十几胎的子女——依生理学来剖解的话，那末，老妇人的身体要算是很健全的。

　　说到老妇人的子女，要是我们老妇人生育的子女完全存在的话，那末，有五个男子，八位女儿——一共是十三个。据老妇人自己说，她的第二和第三两胎都是双胎——而且都是一男一女的。可是双胎的两位女儿，因为奶不足的原故吧？都是未满周年便夭亡。老妇人还有一位第七胎的女儿，也是夭亡了。然而据乡人说，老妇人第七胎的女儿并没有死，就是现在还存在，那古家隶二老爷很缥致的女儿，便是扬言已经夭亡的老妇人第七胎的女儿——因为老妇人烦厌生育过多，便偷偷地送给有钱的二老爷的。——但这不过乡下人坐在茶馆里吸水烟的时候，一种闲谈的资料，谁还去考问这些呢！总之：老妇人现在还有五个儿子，五位女儿那是真的。

杨家桥附近的人们都说老妇人是福人，那也不是无因的。老妇人是发财的固然是原因之一，就这许多的儿女，也足见菩萨给了很多的福分与老妇人。"唉！真是前世修的呀！"人们只要一说到老妇人，他们便要发出这样的惊叹。原来，这也是真的，说到老妇人的儿女，没有一个不是很有福分的呀！从大儿子说起，那末，大儿子是一个小学教师，兼讼师，二儿子是继承了祖传的营业，在大椐树开一爿杂货店，第四个儿子和第五个儿子，是继承了父亲在世由这爿店而发财的——现在杨家桥的杂货店，而营业下去。而且儿子都有了媳妇。至于女儿，那也没有一个不是很有福分的！大女儿是嫁在镇上，一个姓陈的油商的儿子——是一个胖胖的街上人，有很多的钱，瓦屋也很精致，自女儿的公婆死后，便做了太太——仆人五六个，都叫她太太呀！二女儿就没有大女儿那样阔了！第一她的丈夫就不是街上人，也是开的一爿杂货店，丈夫胖的太不雅致了！然而也有钱，有钱都算是福分。三女儿和四女儿，他们的丈夫都是农人，为大女儿和二女儿所看不起的，但他们也很有田，都是有二百多亩田的地主呀！五女儿还没有出嫁，但是她是一位十五六岁的小姑娘，白白的面孔，水滢滢的眼睛，是很漂亮的。因为她漂亮，就由大女婿做媒，嫁给了镇上的一位惯于诉讼而发财的秀才——现在是一位绅士——的孙儿做媳妇。这，已经订过婚了。不用多噜苏——一句话，老妇人的儿女都是前世做了好事修来的福分——究竟是不是前世修来的福分，在人间的我们可不知道，或者我们死后到地狱里去才晓得吧——这是真的。

　　但是老妇人的三儿子——在这里我们正要详细的说他——上面没有谈到，他，可就和老妇人其他的儿女不同了！老妇人是一位很富于慈爱的母性的人，她的一生，差不多完全是为了儿女而生活的。

儿子应当要给他什么职业，儿子要讨一个怎么样的有钱的媳妇——而且是漂亮的，……女儿应当嫁给一个什么样有钱的人家，丈夫应当要怎么样的聪敏，应当要给女儿什么嫁妆，甚至儿女的衣服，鞋袜，她都要想到那样的细致。现在她不为着什么，因为儿女都有了安生的地方，现在，只有她的三儿子了！

在二十年以前，或是二十一年以前，那时老妇人的三儿子才只三岁，便给老妇人的老丈夫的二兄弟做了嗣子。事件原来是这么着：老妇人的老丈夫有三个兄弟，大兄弟是个吃鸦片爱赌博的汉子，在他们的父亲逝世以后，他从老父亲那里承继得来的一点财产，早已化完了。二兄弟和三兄弟都很有钱，只是三兄弟是有儿女的，二兄弟四十多岁还没有生育，依财产承继权的法律来说，那末，他是大兄弟，有儿子，他的儿子有承继他二兄弟的财产权。因此，在他没钱的时候，他便到二兄弟家里拿出财产承继权的法律来借钱。这，他的二兄弟太讨厌了！也是因了这，二兄弟和三兄弟的感情便浓蜜起来。二兄弟并且从三兄弟那里得来了一个保障财产的方法。那正是大兄弟仅有的一个儿子忽然失踪了！二兄弟便承认三兄弟的儿子为嗣子，由他扶育。便是从那时起，老妇人的三儿子便成了老妇人的老丈夫二兄弟的嗣子。而老妇人三儿子和其他兄弟不同的命运，也从那时定了下来。

事实便是这样，大概总有十年了吧？没有什么不幸的消息，老妇人的三儿子是他伯父的嗣子。不但没有什么不幸，好像老妇人的三儿子比其他的兄弟要幸福些。老妇人常和她的老丈夫说道——不，那时他们还不老——"还是三儿好，他嗣父只有他一个，嗣母虽是不爱他！"老妇人一谈了她的三儿子，老丈夫也摇摆着身体，面孔上堆出欣慰的笑。老妇人的话那是不错的，嗣父很爱他们的儿子。

只就穿的衣服来说吧：老妇人看见她的三儿子身上的衣服比其他的兄弟都好得多。三儿子的一件有亮光的马褂，竟引起老妇人睁大了眼睛看了三分钟，结果她没有知道那是几角钱一尺的绸。

如此，老妇人并不十分去想念她的三儿子。

因为营业的关系吧？老妇人的杂货店要从这冒家庄移到郭家塘去。是的，不错的，那是营业上的关系，因为冒家庄一些地主，眼看老妇人这爿杂货店渐渐地发了大财，他们不大愿意永远做一个农人，想做易于发财的商人了。于是冒家庄附近十里以内，一年之间增加了三爿杂货店。这个于老妇人是不大有利的，原有的生意渐渐冷淡下来，所以老妇人的老丈夫，便决意地将店移到那里正缺少一爿杂货店的郭家塘去。

郭家塘距冒家庄是很远了！老妇人离开冒家庄的时候，她曾见过她的三儿子。她把三儿子抱了起来，在他白嫩微红的小脸儿上，接了一个深深的吻。说道："宝贝，儿，我去了，我的三儿乖的！"三儿子只任她抚摸，他和平常一样，并不能了解老妇人心中含着了凄楚的泪。老实说：三儿子已不能记忆这就是生育他的母亲了。

终于因路途很远的原故，老妇人不能看见她的三儿子。这，大概又是三五年了！有时，老妇人因了什么感触，而想起了她的三儿子，仿佛一个十二三岁的孩子，是一个很美丽，活泼，健壮，而天真的孩子。穿着她所不大知道是什么绸的衣服，张开了小小的嘴儿，叫了她一声妈妈，好像很骄羞似的将小指头摆在红的唇上……以及她离开冒家庄吻她三儿子的情景，老妇人不觉停止了手里为儿女而忙的活计，两眼呆呆地移在地上，而润涩着泪水。

老妇人想，她不看见三儿子已经五年了！这五年以来，她的三儿子已经是一个十六七岁的青年了……一切都好，只他还没有定婚呀！

老妇人想，她的外孙，外孙女儿都大了，七八岁了，大女儿的儿子，不是已经八岁了吗？大儿子的女儿也已经七岁，二儿子的儿子也很可爱呀……

老妇人想，三女儿前年出嫁，三儿子也没有回来……

总之：老妇人想了她的儿女，现在又多了媳妇，孙子，孙女儿，外孙，外孙女儿……但是，老妇人想了这些，她都是要想起她的三儿子。

这不知道是从那里得来的消息了，老妇人的三儿子，已经进了师范。老妇人笑嘻嘻地和老丈夫道："还是三儿好，已经进了师范，将来的话，不还是和他大哥哥一样，做教习！……你别要看，三儿很聪敏呢！"老丈夫依然是摇摆着身体，面孔上堆着笑容，照例他不回话。

但是，在不久的时候，老妇人的大儿子为着张二和李四瞎子的水牛吃草的故事到衙门里去做讼师——去见县长大人——顺便跑到老妇人的店里来。老妇人见大儿子来了，急忙地丢下未洗完的衣服——这些衣服都是儿女的——跑到店里去。

"你吃过饭吗？"老妇人一面在用腰间一条破而且醒醒多油质的裙子抹去手上的水。

"叫四女儿炒点饭来……"老丈夫说。

四女儿在没有出嫁以前，她是老妇人的帮手——虽然有时她洗了两件衣服便要和老妇人嘈嘴——她听了父亲的吩咐，便到厨房去了。

至于大儿子只尽义务似的叫了她一声"妈妈"，并没有回答他已经吃了饭没有。

老妇人走到店里，他们父子的谈话便终止了。这是很显然的，给了老妇人一个很大怀疑，发生了什么重大事件了！老丈夫坐在钱柜的旁边，两手紧紧地捧住了水烟台，瘦得只见骨头的面孔现着灰白的颜色，很滑稽的胡髭也有些颓然了！大儿子坐在父亲的对面，壮严的面孔比乡下人叫他老爷的时候更其凛然。五儿子立在柜台之前，睁大了他的眼睛。五姑娘也立在店门的旁边，来听着意外新奇的息消。老妇人被这样环境的支配，寂然的坐在糖缸上。

　　"不论他讨姨太太，不讨姨太太，总之，我的儿子他不好送回来。"老丈夫颓然的说着，呼呼地吸起烟来。

　　"那个自然！"大儿子用着在衙门里和县长大人说着的官话。

　　"二爹要娶姨太太？……"老妇人很快地，想到她的三儿子。

　　"已经娶了啦！"老丈夫吐出了一口浓烟。

　　"什么时候？"老妇人问她的大儿子。

　　"一个多月以前。"大儿子这句话是本地风光，没有官话的腔调。

　　"怎这不给我们知道？"老妇人很愁虑的追问了一句。

　　"你才傻呢！"老丈夫说道，"讨姨太太这明明白白是和我家三儿作对的，他告诉你做什么？……"

　　自此以后，老妇人便更进一步的想念了她的三儿子。她常和老丈夫说道："嗣父不要他，就叫他回来，他也是我养的，难道多了他吗？"但是老丈夫总是不再讲话，他不摇摆身体，却摇摆着头了，面孔不现着微笑却沉静起来。老妇人的话不独老丈夫不赞成，就是儿子们也不赞成，尤其是大儿子和二儿子不赞成，都说："回来没有什么，可是财产……"

　　如此，差不多又一年过去，老妇人也是时常询问从冒家庄到城里去的人们关于三儿子的消息，大半都是，他们因为冒家庄到她三儿子嗣父家还有十多里，不大知道。也有知道的，他们都说她的三儿子很聪敏，已经在南通城里读书，嗣父对他也不错。又据她的二女婿说，二爹的姨太太很漂亮。老实说：这一年以内，老妇人虽然也有听到三儿子被嗣父嗣母虐待的时候，这却是很少的。因为这个，减少了老妇人关于三儿子的忧愁。

不过，从各方面得来的消息——从儿子那里，女婿那里，乡下人那里——那是真的，二爹已经养了一个儿子——是有承继财产权的男孩子！"二爹已经养了儿子，三儿子终于是要回来吧？"老妇人只是在心头上刻划着这样的波纹，她不愿意讲出来，讲出来，那是要引起老丈夫和儿子的反感的。

一天，店里来了一个人，那不是别个，便是老妇人三儿子的嗣父二爹。老妇人从厨房里走了出来，那大概是茅屋厨房浓烟太多了吧，我们老妇人在拭着眼泪。二爹还是五年前的二爹，他并没有长胡子，只是头发有了几根花白。老丈夫还是五年前一样地对他殷勤——亲爱诚恳——可是老妇人不大相同了，她面孔上没有欣慰的笑，她立在门前，第一句话便说道：

"二爹，你养的儿子好耍吗？"

"哦！那里……还好。"二爹有些不大爽然了。

"你——到厨房里去。"老丈夫丢了一个脸色，表示不要她多话。

老妇人是三从四德的贤妻，她不敢多讲话，怏然地依着丈夫的吩咐，到厨房里和女儿烧饭了。

在老妇人，总以为今天二爹一定有什么大问题——关于三儿子。结果却不然，二爹什么问题也没有谈到，更没有谈三儿的话，吃过午饭以后，他坐着小车进城去了。原来二爹是进城买书去的，因为多年不见他的兄弟了，所以来看看的。

"你问二爹吗？三儿现在怎样？"二爹走后，老妇人问她的老丈夫。

"哦！你真多事，他不好开口，你要惹他开口！"老丈夫将一盒火柴重重的抛在桌上。

"也……"老妇人怅然地到房里去了。

老妇人在房里，怨恨着老丈夫，觉得丈夫不太记念着儿子了！无论如何，三儿究竟是自己肚皮里出来的一块肉！别的话不说，也应当问一问关于三儿的情形。

经过了这，老妇人差不多时时刻刻悬念着三儿了！从前人们说二爹养了儿子，老妇人总是半信半疑的，现在是的确的，是二爹自己说的，"唔！……那里……还好！"这几个短警的字，是特别的响亮，在老妇人的耳鼓里振荡了音波的回声。

老妇人总是那样地悬想着她的三儿子——三儿子现在一定是个斯斯文文的大人了，和他大哥哥一样！同时，老妇人回忆着从前有些从冒家庄传来关于嗣父嗣母近来虐待三儿的消息一定是事实！这样冷的天气，三儿子身上恐怕不是穿着那绸的衣服了！老妇人素来没有进过县城，她听得人们说她的三儿子在比如皋更热闹的南通县城读书，她便玄想了关于县城奇异等等的故事！

在二爹去了以后，我们的老妇人便愈加地悬念了她的三儿子。固然，她也时常去想到她别的儿女，以及儿女的儿女，但她总没有比悬念三儿子更甚。实在的，近来在睡梦中，老妇人都时常想她的三儿呢！

残冬来了！北风呼呼地刮着伸在空中脱了叶儿的树条，死灰色的云布在空中，雪花霏霏地落了下来。天气是这样地严寒着，差不多鼻涕淋在唇上便要凝成了冰！因为四女儿明年要出嫁了！老妇人冻硬了两手为女儿去缝嫁裳，嘴里不住地在说着什么，指示裁缝应当要如何地去剪裁衣服的形式。

差不多是夜间了。店里已经点了两盏煤油灯，黯然的光辉照在室内，裁缝们正在收拾他们的什物，预备停止他们的工作。老妇人拿下那副专为缝衣服而用化了二角钱买来的玻璃眼镜儿，举头望了望门外，不觉已成了雪的世界了。因为是雪天，店里是很冷寂的。除了弓背的老头儿与衣服已破烂的孩子，来光顾一个铜子儿水烟，或是两个铜子儿煤油以外，显然没有什么其他的生意。即是几个铜子水烟和煤油的生意，也不大有。

裁缝们在用着晚餐，老妇人跑到店里来，因为太疲倦了吧？她吸起水烟来，默默地看着老丈夫的的托托的打着算盘。

店门忽然开了，一个人和风一同走进屋内来，因为风很大，几乎熄灭了柜台上的那盏油灯。老妇人抬起头来，想看清楚了是个什么样的主顾。但在黯然的灯光之下，并不能十分的看得那样清楚，而且五十多岁的老妇人，目力也有些不健全了。只仿佛地，有一个人，没有看清他的面孔，只看见他身上满堆了雪花，显映在黯然的光芒之中。及到这人彳亍走到台前，因为寒冷，这人的牙齿因打战而发出的的声音，从不十分清楚的声音中，这人好像唤老妇人："妈……妈……"随着有些呜咽的声音送来。老妇人有些惊奇，立了起来，倾斜着她的身体，穿过了凄黯的灯光望去。

"你……你是三儿吗？"

"是……的。"那人放声大哭了。

老妇人不觉心头一酸，老眼中洒下了枯涩的泪，踯踯躅躅的走到柜台外面去。老丈夫也似乎惊觉了，停止了的的托托的算盘珠，举起头来定住了两眼，沉怒的面孔好像阎君！脸色渐渐地发青，而颤动着下颌和唇边，短胡子有些滑稽而又有些颓然。

"儿呀……别要哭吧。"老妇人自己却哭起来了。

在晞微的灯光之下，站立了一个面色惨白颊颧高起，下颌尖瘦的青年。他不像从前老妇人离开冒家庄时所见的三儿子！要不是老妇人心中时常想念三儿，和三儿叫她妈妈，那恐怕她已不能记忆她有个这样萧瑟的三儿了！老妇人抹了抹三儿衣服上的雪花，但是雪花已经凝结在衣服上，一件棉袍已经冻得硬硬的，这，更其动了老妇人的心，凄然的说道：

"儿呀！到台里面来换衣服吧。"这句话是颤抖的，显然是含着了血泪。也的确，从她眼光中看来，三儿是个大人了。

老丈夫跑来看了看三儿子的面孔，顺便打量了三儿子身上的衣服，三儿子叫了他声爸爸他并没有回答，颓丧地又坐到柜台里面去，沉怒的面孔像阎君！

老妇人叫四女儿拿了她父亲的棉袍来换下了三儿子身上的那件雪袍。雪袍是粗布的，肩上已经破了个洞，老妇人想起五六年前三儿子是穿的绸马褂呀……

"儿呀！你为什么这几年来不想到你的母亲？"老妇人断断续续地说着，显然她是异常的悲伤了！

三儿只是呜咽，虽然换去了雪的棉袍，在用热水洗着冰了的脚，而身体的打战依然使牙齿发出的的声音。

阎君似的老父亲，有些忍耐不住了，他捧住了水烟台，开始说道：

"是你嗣父要你回来的吗？"

"不……是……"

"不是你为什么回来？"父亲的声音有些可怕了。

三儿并没有回话，只是呜咽着。老妇人给了三儿子一双袜子，移坐在三儿子的近旁。

"儿呀！你说吧，你嗣父怎样虐待你……"老妇人枯涩的泪眼，瞧着三儿子尖瘦的面庞，越看越有些凄然，美丽活泼的三儿，现在却是如此的颓废。三儿子依然没有回话，呜咽着。

"说呀！你为什么回来的？"老父亲把水烟台重重的摆在桌上。

"是……因为学费问题，嗣父明年不给学费与我了……"儿子呜咽地说着，他流着苦泪，这大概是一半为着他近来痛苦的遭遇，一半是为着五六年以来没有看见亲生的父母有些感伤吧？三儿子的弟弟，四姐，五妹，都充塞在店堂，默然地立着，来看他们久别的兄弟。

"不给你的学费，你就回来吗？"老父亲总是那样的凛然，坚硬。

"是的……我想请父亲和嗣父商量，我只要师范毕了业……"

"这可是不成，"老父亲不住地摇着头，"他不给学费，你就不进学堂，他要你回来，总不好说这句话！"

"……"三儿子默然了一回儿，"父亲！学堂我是要进的，不得他的财产倒可以。"

"哑！"老父亲的两眼睁大了，"不得他的财产倒可以吗？哼哼？我家里儿子很多，养不起，……"老父亲又摇着头，青色的面孔渐渐地变成了死灰的，下额和唇边更其颤动起来。

老妇人只是默然，看着他们父子的谈话，不觉深深的叹了口气，叫四女儿赶快拿夜饭来吃。

吃夜饭的时候，他们父母兄弟姊妹七人同桌，小弟弟和妹妹们不时地用着灵活的小眼望他们好久没见面色惨淡而瘦弱的哥哥，因为他穿了过大不适体的父亲的棉袍，更显得颓废了！凄然的灯光照在桌上，老父亲总是那副沉怒的面孔，表现他是一个很爱钱财而贪利的乡下商人——这副面孔也许对于欠了他的店账无法偿还是常如此的——老妇人是惨然神伤，不时地将菜给她的三儿子吃。老实说：煤油灯光下桌的四周，是一幅凄惨的图画。

差不多夜饭快要吃完了。颓废的三儿吃吃的说道：

"父亲！我……决不是爱钱财，我是要读书，……只要我继续进师范读书，谁的家财我也不要……"

"唔？……"老父亲用沉怒的眼光看了看三儿，并没有回答什么，丢下了筷子到钱桌上去了。

老妇人默然，她没有计划，她只知悲伤，她不知应当如何来答覆她的三儿，和怎样劝解她的老丈夫。

谁也说老妇人是一个有福分的人，有钱，有儿女，但是事实上并不是这样，我们的老妇人是很苦痛的。她不是为着别的，就是为着儿女，差不多她没有一个时间不是为着儿女。例如她想起了大儿子的孙女儿，便也想起了二儿子的孙子，也想起了三儿子的未婚妻……。大女儿送了她一件好吃的东西，她从没有吃，不是送给二女儿去，便是送给大儿子……。她的儿女很多，而不是住在一个地方，她都是从张三李四那里去探访关于她儿女的消息，而且是要知道那样的详细。她很有钱，那是不错的；但这些都是丈夫的，儿子的，女儿的，她自己实在没有一个钱。终年的，我们没有看见老妇人有件什么新的衣服，都是破的，烂的，旧的，她和那些种田主的田而过活的农妇们差不多！虽然她每天的生活，都离不了洗衣服，缝衣服，补衣服，这些，却都是为的儿女呀，丈夫呀！老妇人的职务，好像自己就承认女子是为丈夫与儿女而生活的——也许这不独是老妇人，中国社会中有好多女子就是如此去计划着她的生活的。

总之：老妇人总算是看见了她的三儿子了！总算是看见了她五六

年以来没有看见的三儿子了！老妇人差不多原是为了丈夫与儿女而生活的，她现在看了她流着眼泪的三儿子，看了她面孔尖瘦和五六年以前大不相同的三儿子，……她流着眼泪，她心中惴惴，一直地，一直地从裁缝去后，三儿子睡了觉，而自己反覆地辗转于床上到天亮！

窠里的鸡儿已叫起来了。没有窗子的暗房内，已经从门缝里透进一点亮光，照习惯，她知道这个时候已经是天亮，她照平常一样，起来执行她为丈夫，为儿女而生活的义务。或许是，今天比往日起身得还要早些。

老妇人起来了，她的丈夫，她的儿女，依然在温暖的被窝中做他们甜蜜的梦。老妇人轻轻地开了门——她恐怕惊醒她所心爱的他们——一阵冷风打了进来，并且吹起了地上的雪花。已不在飞扬雪花了，不过，天空还是那副愁怨的面孔。

这是很习惯很习惯了的功课，老妇人活了五十六七年差不多有三十多年是如此去做的：烧汤，煮早饭，烹茶，冲鸡蛋……以准备着她儿女和丈夫醒来以后的便利。今天，老妇人她却多了一项工作，她多冲了二个鸡蛋，偷偷地没有给她的丈夫知道，也没有给她别的儿女知道，送给她的三儿子去吃了。三儿子是愁眉深锁的，他见了他老母亲如此的慈爱，显然地今晨的母亲比昨晚灯光下的母亲，更其是苍老而凄然了！不觉眼中又润涩着眼泪。他想！现在嗣父因为继承财产的问题，对他是那样的刻毒，嗣母是那样的欺侮他，父亲是这样的吝啬，现在——现在只有母亲呀！只有慈爱的母亲呀！

儿女们都已先后的起来，假使不是雪天，那太阳已快到正午了。他们用过了早餐，女儿们梳了光光的头——不像乡下人，不，不是她母亲那样的，是小姐样的——儿子们又拿来了很多换下来的衬衣，丢在洗衣盆里——这，这是给与他们母亲的工作。

老丈夫也起来了。他洗过脸，吃了鸡蛋，叫五儿子从厨房里正在和母亲谈话的三儿唤来。在白光之下的三儿，较在灯光下的三儿，更其黯然了。

"三儿，我和你说，"老父亲两手捧了烟台，沉怒着两只眼睛，颓然着胡须，"你回去，天好了，我再和你的嗣父说……"

"今天回去吗？"老妇人站在店门口。

"怎么？"老丈夫移转了沉怒的面孔对着老妇人，胡子动了几动，"快要过年了！他不能在这里过年……"

"今天下雪，明天……"老妇人说。

"……"沉静了一会儿老丈夫说，"那末，明天吧，他的棉袍赶快熏干了它。"

三儿子默然，在很冷酷而有威严的父亲之前他简直不敢说话。

老妇人叹了口气，拭了拭脸上的眼泪。她奉命唯谨，多了一项工作，用火炉熏三儿子的雪袍——往日这个时候是要代儿女洗换下来的衣服的。

因为快要过年，为四小姐做嫁裳的裁缝明年才来，三儿子的雪袍熏干以后，老妇人和四小姐缝补起来。费了三个钟头的工夫，布棉袍又罩在三儿子的身上了。老妇人用眼光仔细地看了又看，看她修好了的那个肩上的补缝——好像五六年前看三儿子的绸马褂一样地看着。

今天因为老妇人加了工作，所以午饭迟了一个多钟头。为了这，老丈夫曾发了一次雷霆大怒。但是，不能不使老妇人迟疑了，午饭的时候，失去了她的三儿子。儿子，女儿，在所有的七间小房子里找遍了，甚且找到竹园里，并没有看见三儿子。老妇人不觉悬然，流着伤心的眼泪，不愿意再去吃饭了。小兄弟四姊姊也不觉有些凄然，尤其是五妹妹，她简直明眸里滢晶着泪水。只有老丈夫他是若无其事似的，努力的吃着饭，淡然的说了一声：

"他——大概回去了。"

但老妇人心头总是惴惴的，这件事简直是给与她的一个重大打击，差不多的，她没有一个时间不在想念着三儿。

事实便是这样，自从那天起，就失去了三儿子的消息。老妇人从店里偷来了两百个铜子儿，请了一位农夫，到嗣父家去询问三儿子，结果，那农夫回来说道："的确地，他的嗣父不知道！"老丈夫总是那样的冷酷，他见着老妇人一天天苍老，憔悴，他很愕然的说道：

"咄！为了儿子，如此的怔心？他是二爹的儿子啦！你别要做梦吧！你看他跑到那里去？"

时间那是过得很快的，不久是过年了。过年，老丈夫是很幸福的，他在老妇人前面夸奖他由冒家庄迁来郭家塘营业的计划那是很对的，去年赚了二千多的洋钱。儿女也很欣然，在堂房里斗纸牌——这个时候他们已经忘去了他们失踪的三哥哥了——只有老妇人，她记念着三儿，简直病了起来！她在祖宗的前面，焚香，磕头，默祷着他的三儿子快点回来。

旧历的正月间，我们老中国的习惯，是要宴会的。那时，老妇人的儿子，女儿，儿女的儿女，媳妇的父母，都来了。七间窄小的屋简直充塞不下了。这当然是老妇人很欢喜的时候，她得看见了由她肚子里而出来的儿女，不过这个时候她却忙得不了，要办菜，要招待……与其说是欢喜，不如说是苦了。而且，今年又有不同的地方，就是三儿子了。往年虽然也有想念三儿子的时候，那只是昙花一现，今年可不同了，为的是三儿子失踪了！

正月间的宴会，老妇人忙了三天，客渐渐地散去了。只有大女儿和三女儿没有到丈夫家去——因为她们要帮忙四小姐的嫁裳。因了这个，老妇人得有机会和她的女儿们谈及她的三儿子了。

冬天的阳光那是很可爱的，从东南角上射进老妇人的堂庭，老妇人的女儿们都坐在堂庭晒太阳，一面在做她们嫁裳的活计。老妇人指示了裁缝的剪裁以后，便也到堂庭来。起初不知她们是说的什么，后来她们渐渐地说到三儿子。

"……不知到那里去了吗？"三女儿说，"我们还不知道呢。"

"哦！不要说吧，"大女儿摆下手中的手炉，因为她现在做了太太，老妇人是不要她做针线的，她眯眯着眼睛说道，"冬月二十七他到我家里去借十块钱，没有借给他，唉！真愧人！身上那样一件破袍子，在雪天，跑到街上去……"

"在你家的吗？"老妇人很注意地问，"哦！不错，那是从这里去的，身上的袍子是我补的呀……"

"在我家里的，"大女儿很不高兴的说，"没有吃饭就跑掉了。"

"到那里去的？……"老妇人又问。

"那——可是不知道，老太太。"大女儿用着仆人常叫她的口气，来叫她的老母亲。

这样，又沉默下去，三女儿也不再讲话。

三儿子失踪以后，这算是第一次，老妇人从大女儿口中得来了关于三儿子消息。自后一直到正月半，到二月初一，到四女儿出嫁，总没有再得着关于三儿子的消息，而她的丈夫，儿子，……都不感着三儿子的失踪是一回什么大事！

四女儿出嫁以后，老妇人便感着家中的空虚。老实说：她老人家愈到老年便愈想着儿女。虽然她也从到江南去卖猪的客人，那里得来关于他三儿子的消息，说她的三儿子在江南做教习，在那里是很好的，可是谁知道这不是猪客人的谎话呢？不过老妇人她也就请那位猪客人，要是再看见她的三儿子时就要他回来，在家里都比在江南好——江南，呀！那是多远的地方！然而，那位猪客人自后便不再来了。

老妇人从大儿子那里得来的消息，也是说在江南。老妇人要大儿子到江南去找回他来，大儿子却壮严着面孔，说出官话：

"找他回来干吗？"

老妇人知道三儿子在江南那是很的确了。她也就很关心于到江南去的人们，贩鸡的刘扣，贩猪的杨傻子，贩菜的……只要她听到郭家塘有人到江南去，她便托咐他们找三儿子的事务。到江南去的客人，他们也很愿意老妇人的托咐，因为如此，他们便可以在店堂里多吸几口水烟。

夏天已经来了，天气炎热起来，下午的时候，因为老妇人家的店门是东向的，反背了日光，加以店门外面有一棵大树，乡下人都在这里休息着。在这许多乡下人的中间，有一个人，矮矮的身材，很壮健地，格子布的短衫挂在肩上，带着一个金戒指的左手拿了一把洋伞，说起话来口里露出一个金牙齿，在这里要补述一句，在群人中只有他是没有辫子的。他正在和一个有辫子的老头儿谈着什么买卖。

"我不信你，"那老头儿送过烟台给他，把花白的辫子围在头上，"这趟猪至少也赚得八十块大洋。"

"说谎是个孙儿，"那矮子吹了吹烟灰，"这趟真倒霉。"

"不要理他，"又一个有辫子的大汉，抹了抹头上的汗珠儿，"他是傻子——杨傻子！"

于是一群的乡下人都笑起来了。

老妇人听得外边有人说杨傻子，忙跑出来了。

"老太，"那个大汉说，"天气很热，这里坐坐。"

我们的老妇人好似没有听到，她一眼只望在杨傻子的身上。

"杨傻子！你是从江南回来吗？"老妇人说。

"是的，老太。"杨傻子笑嬉嬉地露出他的金牙齿。

"你看见我的三儿子吗？"

"哦！你家三少爷吗？"杨傻子傻里傻气的说，一群乡下人都笑了起来，"看见的，看见的，他面孔上有个大疤。"

"是的，是的，"老妇人很惊讶的说，"在什么地方看见的。"

"在上海。"

"你为什么不拉他回来？他现在做什么事？"

"他呀，哼哼，我不说……"

"你说，不要紧的。"

"哼哼！我说了老太要打我。"

"不，不，你说……"

"他呀！……我在十六铺看见他，他身上穿了一件破烂的长衫，面孔瘦的难看得很，好像是一个吃鸦片的，……大概总在讨饭了。"

"讨饭？"老妇人有些不高兴了！憔悴的面孔更其青灰起来。

"……"杨傻子他没有再讲话，不过他记起了老妇人从前曾告诉他——三儿子脸上有个大疤。

老妇人不高兴得很，彳彳亍亍的回到店里去了。

老妇人为了儿女们，增加了她的老态。而她的老丈夫，比她还要老得许多，他素来有淋血症，现在却更其的利害。他比从前更瘦，病倒在床上，喘气而呻吟！因为老丈夫有病，儿子们又是很小的（四儿子与五儿子），今年的生意是不好得很，一年的结账是没有赚了钱！但老丈夫富有商人经验的雄心并没有死，他主张再来实行他的移店政策。

过年以后，老妇人的店便由郭家塘移到这小市镇的杨家桥了。这里生意是很不错的，并且扩大兼卖粮食，将来的计划还要和他的大女婿一样，要开行呢！

所以老妇人的杂货店，在杨家桥是首屈一指的大店。

可惜得很，我们老妇人的老丈夫，无论他对于商业有如何的大经验，而他残弱的身体总不会好起来，在移到杨家桥的一个月以后，他老人家的病剧烈起来。这个时候，他忽然想起他的三儿了！他要二女婿到二爹那里去交涉，请人到上海找去，无论如何，死的也好，活的也好，他要他的三儿子。老妇人是喜出望外了！她拿出了她四十年以来的积蓄——五十二元——给了她的二女婿，要他和二爹一同到上海找她儿子去。

那是很可怜的，在二爹和二女婿到上海去后的第三天，我们面孔沉怒似阎君的老父亲，别了人世到九泉之下去了。老妇人悲痛得晕去了几次！

老丈夫"二七"的时候，二爹和二女婿回来了，只没有看见三儿子！他们的回话是："没有看见他，一点消息也没有。"

老丈夫死后，老妇人的生活更其凄然！而两个儿子一位小姑娘的婚事，完全交给了她去负担。

杨家桥的杂货店由老妇人的四儿子与五儿子继续办了下去。但他们的年龄很小，老妇人总有些不放心，她时常叹气说道：

"唉！要是三儿还在的话，也可在店里照管照管！"

老妇人从前受老丈夫的叱咤，现在受她小儿子的叱咤！她是为了儿女而生活的，她很能忍耐。

　　老妇人的店搬来杨家桥已四年了，差不多所有的人已不再记忆老妇人的三儿子了！只有老妇人她记在心里，她没有想起她自己头发已经花白，两眼已经有些眯睎，两足已失去自主的能力，快要……

　　有人说：老妇人的三儿子在外做了暴徒,给官老爷捉去杀了头……但是老妇人总是想念着她的三儿子，她以为这个世界上还有一个她的三儿子……好像，别的儿女她都尽了义务，只有三儿子她没有尽义务似的。

残　骸

几句可怜的话

受着现代社会制度所摧残的我，几段流浪悲惨的生活，似乎也值得一记。我久想来完成这一个工作，可是为了面包的不能解决，和缺少伟大天才的原因，一直到现在，也没有能够在生命的几页血史上刻划一个痕迹。

这次狼狈来上海，原想做点文章，既可维持生活，又可发泄我的思趣。可是，没有天才的我，竟写不出如花似月的文章，和特殊风格美丽形式的小说！这篇《残骸》的计划，是要将我流浪以来的生活完全写了进去。写了来一段，自己很不能满意，便不愿写下去了。不过这一段还可独立成一篇小说，所以就将它付印了。

《残骸》是一个大失败的作品！我不得读者的批评，自己知道。

不过数年来的奔波劳碌，饥饿，乞丐，做工，卖报，当兵，革命，恋爱，而终于失败又回到故乡来的一段事迹，也值得我们一读的。

作者因为受了刺激，近来得了脑病，思索和组织，完全失去了健全，拿起笔来竟不能再写什么，关于这篇作品的散漫，没有中心，技巧的太差，自己总知道。严格的来说：那末，这本《残骸》，并不是一本完整的小说而是一篇"零乱的杂记"。杂记，是的，一本零乱的杂记。

在不久的将来，或许我是会死的了！想将这流落五年来的"残骸"在人间留一点痕迹，不论成功与否，终于将它付印了！

现代这样的社会中，我这样流落不幸的人，也许会有几个同感者，希望同感者，买我几册读一读，以为这"残骸"死后的纪念。

不是小说，不是艺术，然而，血泪的漫画，骸骨的雕刻，追求光明奔流疲倦的尸身，对于这社会最后的叹息——虽然不是小说，不是艺术——然而有了这些，也许可以读一读吧？

想着了我过去的遭遇，和最近人家的摈弃，终于抱了这本《残骸》流了不少的眼泪，而写了几句可怜的话。

诗　序

普罗列塔利亚的我们，

是现代社会所摧毁的残骸！

我们失去了自由，

我们失去了幸福，

我们是奴隶，

我们是残骸！

普罗列塔利亚的我们，
是现代社会所摧毁的残骸！
我们要争夺我们的自由，
我们要挣回我们的福利，
我们要冲毁现代的社会，
我们要做这社会之主！

普罗列塔利亚的我们，
是现代社会中所摧毁的残骸，
我们起来，我们起来，
我们举起我们的拳头，
我们拿起我们的枪来，
我们踏着先烈的血迹走去！

普罗列塔利亚的我们，
是现代社会所摧毁的残骸！
…………，
…………，
…………，
…………！

一

是在七月的天气，这破落的 G 城尤其是炎热得不堪。

G 城在长江流域下游的北岸，沿运河的流域，过了 N 县便到了 G 城。我们不能记忆，G 城的建筑是在那一个时代，不过从颓废荒塌的城墙，破落的街市，这些地方看来，我们知道这城是旧而且老了；处处表现它是封建社会里遗留的残迹。这城市庄严的建筑物，当然是首推县长大人的衙门，但是，它也是那样的颓废，衰落，残破，表现它是历代县长大人空虚的坟墓！

G 城的街市中在我们所见的有几种人，一种是穿长袍马褂，肥胖的豪绅，大商人，……一种是充塞在城内立在柜台里张望着两只饥饿的眼，想抢夺饭碗的中等商人以至小商人，一种是面貌黑黧流露着劳动过度疲困的颜调，肩上担了柴草来售于城市的农民，小贩，……还有一种，便是为了七八元一月而拿刀杀他兄弟的士兵，警察，拖了一枝枪，捧了一根棒，在街市上踯躅来往，残破的灰色衣衫在风流里飘舞，他们举着高傲，势利的眼光瞧着了为他们主人而生存的东奔西走的奴隶兄弟！总之：这些来往的几种人，不论他是强夺的主人，还是奴隶，或是拿刀杀他兄弟的兽类，一句话，他们都是封建社会里点缀着的遗骸，残骨，我们在每一个人的面孔上，可以看出惨酷的封建波纹——尤其是由脑的内部回射到额间的封建的纹波！

在这样的城市，忽然发现了一个西装青年，他衣服上的光彩在阳辉之中闪映，他的领带在随风飞扬，他的新奇草帽戴在额上，黑色的眼镜儿增加了他的新姿态，他的皮鞋在石地散出踱踱的音，一切在这 G 城都是新，奇异。这样含有资本社会色调的风彩，与这封建社会的古城，却是成了正的比例，这引起了这古城里人们的注意。

古城的人，对于这青年，加以了特别的注意，他们一个个举起了奇异的眼，仰着他们封建的脑袋，由这青年的头，脸，胸，手，腿，一直到脚，不断的将视线集中在这青年的身上。据认识这青年的人们说：这青年名叫叶子，他四年前曾离开于这古城的故乡，在外飘流多年，现在是做着官了！又有人说：这青年现在是 ×× 党……！他们个个在指手划脚，对于这青年加以纷纷的异论，以后说的些什么，也就过于复杂而不大清楚了！

青年叶子寓在城内的一个旅舍里，旅舍是一座改良的建筑物，布置，样式，都带有一点资本社会的模型，当然这是破城中尊贵的点缀。叶子倒在椅上，唇上含了一枝香烟，他的眼光深深地注视在袅袅绕绕的烟气里；皱纹的眉间表现他在悲哀沉思一切。……

当然的，一个青年，他遇着了周围损害的遭遇，他由消极而走到积极，由反抗而走到斗争，甚至要推翻社会旧的一切，在这种变化，奋斗，的过程中，所遇的打击，失望，自勉，和光明……一切的一切，从回思中可得着酸涩的泪，鲜艳的血，和生命的微笑，生命的创造以及生命的细流。从这样的回忆中，我们一定会握着拳头而叫唤起来！说道：

"生命的意义是在创造，打毁一切陈腐的，旧的，建筑我们的新的！"

在四年以前，我们的这位青年，他因为新的思想的推动，和二十世纪科学倡明周围环像的开展，他感着了封建社会中一切的构造与建筑和他发生了剧烈的冲突，他时常想冲破这封建潜力的墙围，而创造新的火花。但是，这伟大的使命，并不是易于成就的，第一件难事，便是这位叶子青年的没有勇气！于是，这位叶子青年脑中的感着重大的悲哀，总是如冰似的凝结在心头的深处。他开始叫道：

"为什么会有这样的人类？！"

在这一种是沉痛的又是含有人类之矛盾问题含在着的唤声之中，而附带着的便有了很多的问题。叶子从人类社会的分析，他由贼，盗，穷人，农工，士兵，地主，豪绅，资本家，一直到官僚政客，以及人类的战争……。他悲愤到了极端，他识破了近代社会构成的假面具，他认为这种社会构成的假面具是人类的羞耻！他觉得人类阶级的划分，第一第二阶级人的利权，压迫，第三阶级的寄生于第一第二阶级，第四阶级的奴囚……，为什么要有第一二阶级的欺榨，为什么要有游移的第三阶级，又为什么要有第四阶级的奴囚？！打毁这一切！推翻这一切！泯灭造成这个社会阶级经济制度！

叶子是在这样的呐喊，但是，社会上所有的形形式式，都在巩固这样的一个奴囚制度，大部份的人，固然在咒詈这社会制度的苛毒，但是，他们是这"时代的囚"，他们不敢抬起头来，他们不敢举起眼来对着这非正义的社会全部瞅着……。

"时代的囚"，在这样的时代，谁都是畸形经济制下的囚！

在叶子的家庭，便使叶子发生了热烈的反感，他周遭的环境，是抑郁的，苦闷的，悲寂的；他由家庭认识了由欺榨，黑暗，剥削，所堆成了的社会罪恶。叶子的幼年，负了承继伯父财产责任而为伯父的嗣子——因为伯父没有儿子——但是，社会上所有的人，他们的存在是为财产的存在，换句话，人生便是为了私有财产！社会上所确定的这个原则，是谁也不敢打破的！能打破的人，只有他不是"时代叛徒"。这，使叶子伯父也不能脱出例外。十六岁时叶子进了N师范，而渐趋年老在墓前徘徊的人，他对于私有观念尤其是深进一层的留恋不舍！叶子每年所耗的学费，零用，使叶子伯父认为这是侵损他私有财产的危险人物。在假期之内，叶子伯父一面在计算他私有财产——在社会上用种种黑暗，欺榨，剥削的方法掠抢得来的——一面看见立在眼前的并不是自己的儿子，是弟弟的儿子，这，引起了伯父为了掠抢得来的财产将要落到非自己的儿子的手中去而长声哀叹。据伯父说：为了孔二先生的遗教，"不孝有三，无后为大"的原故，所以要娶一位姨太太。在另一方面，却是因为有了姨太太便可保障他私有的财产。

也诚然，伯父财产的掠得是这样的可怜，他由佃农那里用收租和放债的方法，去夺取佃农汗血换来的谷粒。佃农的生产，每石谷粒要给他六斗到八斗，斗斛是加一，（即一石一斗而以一石算），放债是三分，双字具，（即借十元要写二十元的字具）。佃农不能负担，他便要地保去封田，没收佃农已纳的座租（即一亩田，除纳租外，先给十五元至二十元不等，是为座租）。他对于佃农的压迫和剥削是那样的热烈。他还养猪，他每天要在猪的前面光顾数次，而在猪的身上加以估价，计算在猪身上所得的利润……。总之：他对于财产的掠得，是和其他地主一样，是苛毒，而非常的可怜。因了这，他要讨姨太太来保障他私有的财产也是意中事。

伯父姨太太是一个极端的自私自利主义者——封建社会中的妇人大都如此——她只知道世界上只有一个自己，世界上没有第二个人！她更能简单的认识，她丈夫的财产是她的，她否认与讨厌着和她没有关系她丈夫的侄儿。自她进门以后，凡是属于她丈夫管辖之下的佃农，在还租，还债两种应尽的义务之外，（只能说，这是资本主义社会中应尽的义务）更增加了痛骂和可怕的势利的面孔。而叶子的待遇，也和从前不同起来，第一，便是他失去了学费的供给！第二，便是他二伯母只看见自己的可怕的面孔！叶子常想道："她为什么不供给我的学费？她为什么要流露着只看见自己的面孔？"这个回答，宣告这不仅是他的家庭，这是一个全社会，这不仅是他二伯母个人，这是全人类！

一个青年，他受了这周遭的打击，悲哀的阴影便移动而侵占了他的胸头！

他不仅咒骂家庭，他不仅咒骂伯父和伯母，他咒骂这不正义的人类，他咒骂这愚笨的人类！然而，他也只能咒骂，他并不能找出一条光明伟大的出路。因了这，他还脱离不了将来在社会上地位掠取的问题，于是他仍然决定在现社会求得一点他所需要的智识——继续求学。

在北风怒号雪片霏霏的一夜，这位叶子青年他会鼓起了勇气，为着了学费问题冲过了夜雪的凄景到生父家里去。天空是充塞了死灰色的流云。原野成了一片缟衣的白色，紧急的狂风掠过树梢呼呼的悲叫。叶子在这样的一个广阔的野原中，跄踉的黑影带着恐怖的意味儿在前进。他的衣服冻得发硬，他的牙齿发抖，全身战栗，然而他在前进。

"哦哦！我是为了什么？人生是为了什么？"

叶子不禁唤出这样的悲声，打破了正在雪夜占领全势力的风波。

时候已在午夜，叶子在柳树下的一座屋前停顿，他仿佛有点记忆，他对于这屋的旧痕好像是很熟悉，屋的墙门，屋前的树，溪流，虽然遮蔽在雪的怀抱之中，而对于叶子却是流露了别离后重逢伤怀的情感。叶子扑上前去，两手紧紧地抱住了门的一角，眼泪流在冷的脸上成了两条热痕。人生的梦影是那样的演绎而迅速，幼年时代在这古屋前与兄弟姊妹的游戏，欢乐，不知人生是悲哀陷坑的一员，更那里知道十年后的今天会在雪夜抱着了这伤感的门而哭泣？

"唉！时代的因，你们都是私有财产的奔走者！私有财产的网幕里织成了人生的悲哀。"

乡村间打更的锣鼓从凄风中带着创伤的回音送来。它宣布："人们呀！快起来掠夺你们的私有财产，已是三更时候了！"人们从黄金的梦中含笑的醒来；也有他是私有掠抢的失败者，他醒来叹了口气，反侧着身体又沉睡了去。叶子也从这创伤的锣鼓回音声中惺忪过来，他因为冷气的压迫，创伤的悲哀，使他的意识一时恢复不来。在打更的锣鼓疲困，创伤的回音再来时，他才恢复了原有的状态。他记忆着，他是为分取他生父私有财产的一部份，去送给他的为掠夺私有财产而执教鞭的教师，以继续取得他对于人间所需要的一点智识而来恳求于生父的。他的下意识要他举起了掌，在这古门上拍了起来，古门也随即刻划着人生哀音的轮廓。

"谁呀？谁在这夜间敲门？"

"我！我冷得很……"他的声音是嘶而哀。

"哦！你这孩子，你为什么不回家去，你没有爸爸？"

"我有家……是在这里……这里是我的爸爸……。"

"这里是你的爸爸？"

"是的，这里……。"

"哦哦！你是叶子吗？"

"是的，我是……"以下便听得哭泣的哀声。

"你为什么现在才来……？"

门内透出了一点的火光，开门声，和风声起了呼映。

"呀！冷呀！这样大的雪。"

门开了，一个躬腰的老人，披了一件皮衣，从灯光之中影射出来。

"父呀！……"

叶子打战的唤着。

"哎！你……？"

父亲呆了，睁大了他的老眼，似乎泪水也淌了出来。

叶子进了室内，在父亲的榻前坐下。母亲，弟弟，妹妹，都在雪夜中爬了起来，来看他们好久没有看见的叶子。这好像电影中悲哀的影画，在风吹着半明不灭的凄光之中映出。妹妹和弟弟睁大了他们含泪的小眼，他们正在伤怀他们久别，而容颜清瘦，可怜的哥哥。他们却没有想到，在私有财产制的社会之下，不久的他们，将也要拖入了深滔的坑中去。不知人生是一幕私有财产掠抢之下的奴因的母亲，她是富于女性的爱；叶子他失去人类的爱是很久的事了，慈母悦颜苦泪的爱，也只有使叶子增加了泪的来源。

这是一个单位的家庭，这是一个雪夜的凄景，然而这又何尝不是全人类全世界？

……

叶子这一次到生父家来是为分取一点财产而来。然而财产是人们苦心孤诣掠夺而来，不是易于给予的，父亲的财产也不易于分给他的儿子，于是，叶子也只有清泪流湿了衣襟，垂头丧气带着创痛的箭儿，冲了雪夜来，再冲了雪天去。虽然，母亲的泪，妹妹的泪，弟弟的泪，这也不过人生生命上的几点痕迹。

"时代的因，时代的因，你们这些活尸，狗，你们懂得什么，你们只认识钱！人生即金钱，金钱即人生，你们却不懂得什么是人生！哦哦！财产看守的狗，囚！"

叶子握起了拳头，在风雪的天，呐喊咆哮而去。

然而叶子还没有识透人间财产的狱墙，将所有的人们囚住，而各人是紧紧地守住了这狱墙的门，是这样的坚硬，充塞，谁也不能打破。在这财产掠夺的时代，谁也是这时代的囚。可怜的叶子，他还想作孤注一掷，跑到他的妻家去。妻，是人生最亲爱的了！叶子的妻，虽也经过一次父母之命和媒妁之言的礼教手续，然也可说是恋爱——因为他俩经过了双方的自愿而开始订婚的。到现在他们是没有结婚，但他俩的感情有相当的热度，而且他俩已经过了秘密的性的尝试。以这的妻，对于叶子求学的经费，当然是可以帮助的了！可是人们是深锁在财产狱墙里的，谈到了财产的分与人间便毁灭了一切；爱情，生命，都不是真实的存在，只有金钱才是真实的存在，金钱是超夺了人间的一切。叶子不独不能谅解于妻，而且受了妻的鄙视和摈弃。

叶子从这一个打击，他认识了人生的全部，他认识了社会的全部，他知道对于这社会，这人生，去乞怜是没有用处的，他是反抗吗？他是认识生命的意义是在创造，打毁一切陈旧的，旧的，建设我们的新的，光明的，正义的吗？不是，他没有这样的勇气，他是消极的自杀！无抗抵的自杀！

叶子从这一个打击开始，他便颓废，烦闷，失望，哭泣，写着无聊的诗。在这财产掠取很剧烈的时代，这样或许不只一个叶子，也许在这封建社会开始破落，资本社会矛盾的时代，青年的生活发生了不稳定和不安，烦闷，消极，或是所有的青年们——稍有头脑者都是如此。而叶子，不过是全社会的缩影罢了。

哦哦！财产掠取下的悲剧呀！财产掠取下的人生呀！可怜，不幸！失去了正义与光明！财产是世界的，全人类的，不是谁人专有的！打破现代社会的经济制度。

二

明月的夜，N 县沿江的 J 马路，照在凄凄而萧瑟的月光与疏疏的树影之下，江流在对着这残冬之夜的景象而哭泣呜咽。叶子独自一人，拖了他唯一的伴侣——纤瘦的长影，跄跄踉踉的向 J 码头走去。他因社会黑暗的刻画，社会全部的构造，现代的资本制度，以至于所有的在这两种形式之下的一切副的条件，他都感着愤怒，他讨厌明月，讨厌树影，讨厌江流，而且讨厌他自己！"自杀"的念头，也就是由这一种消极的反感而生的了。这当然，一个青年，因为与他所有的环境起了最后的决裂，酸涩的泪流在鼻的两间，这世界上没有一点的痕迹可以使他留恋，凄凄的月，萧萧的风，浩浩的江流，合奏着夜之悲音，送这青年到自杀的墓道上去，这青年心头情绪，枯闷而是有波流的，这是用不着来描写的了。

叶子一步步的踏着疏乱的树影，颓废而有哀感的情调，短声长叹的走去。这时他忽然想起郁达夫《银灰色的死》里的主人翁来，他觉得那位主人翁的颓废和他有点不同，而同于烦闷的深坑之中不能自救的遭遇则一；不觉，又射出了几滴泪点。冬夜寒气的侵袭，叶子已被悲哀将他打退了。

由长江上游向下游行驶的轮船在夜间一时二十分抵了 J 港。显在灰黄色电光之下的旅客，黑影重重地向轮船上走去。我们仔细一看，穿着一件破棉袍眼光射着沉怒的哀调，与电光成了反比，失眠的面孔已经露了灰黄的死色的叶子，也在这旅客们的队伍里。他拥挤在旅客群中，在袋内探索他仅有的从友人那里乞求来的一元大洋，投到卖票的窗洞中换来了一张船票。

"唉！死还要一元大洋钱！"

叶子不禁紧咬了牙齿悲叹了这样的一声。

汽笛的唤叫，无异于是我们这位受现代社会经济制度摧残的青年垂死的信号。

轮船它都是那样的呆笨，它随着汽笛的催促而忠实的履行它的职权，突破了江流稳定的前进，它并没有顾虑到受着社会经济制度而摧残的青年，已经失去了和黑暗势力去斗争的勇气，将要从它的身上跳到这茫茫的江中去。

叶子满腔的悲愤在船上徘徊了一阵，船中大肚皮的资本家，长衫马褂的豪绅资产阶级，到Ｓ埠去做工钱奴隶的穷汉，为了七八元一月的代价而拿枪杀他兄弟的士兵，……蠢蠢的人影，一一的深射在他充满了血的眼睛里，他能看见他们的欺榨，狡猾，他能看见他们的愚笨，以及穷汉们面孔所特有的奴隶的情调。

"猪！你们这些猪！你们懂得什么是人生？你们更那里懂得什么是人生的意义？……哼哼！要是你们懂得，那末，愚笨和奴隶们应当要拿起你的拳头来，打毁在那里欺榨你们的军阀豪绅地主资产阶级，我们的财产我们夺取回来！……"

叶子立在船头，他想到这里，愤怒的血直冲到了他的胸间，他握起了拳头，他鼓起了勇气，他预备脱离这不正义不自由的人间，他预备向江中跳……。但是，他出了一阵冷汗，他由失去了的意识恢复转来；也许他是没有自杀的勇气？

"愚笨，难道我真去自杀吗？难道我是一个时代的弱者吗？……"

叶子清醒了一点。

"生命的意义是在创造，打毁一切陈腐的，旧的，建设我们的新的，光明的，正义的，非私有财产制的社会！

这几句话，终于在我们死之刑场上的叶子青年呐唤了出来！人生就是奋斗，奋斗就是人生，生命不是降服在恶势力下的牺牲者。叶子的眼睛由血光射出了火花，五分钟以前他是消极的自杀，五分钟以后他是积极的生！五分钟以前他是悲愤，五分钟以后他是奋愤！

东方吐露了红色，白鸥在水上飞翔，慈祥的天气，也好像在祝我们叶子青年的成功，庆贺这已残了的生命之花，从春流之中复活过来，而开着比以前更艳丽的花，结着美满的果，布扬于这未来的人间！

从上游来的轮船进了 F 口以后，再行一二小时，便可遥见 S 埠近郊沿江边的建筑物。这些建筑物是产业革命以后的东西，它是耗尽了很多工人阶级的汗血与生命造成的。而这些建筑，却又是资本家用来囚住工人阶级以榨取工人汗血和生命的机关，是铁厂，纱厂，煤厂……。这些建筑在受着刺激含着满腔牢骚的叶子看来，自然又要惹起一重感想了！

"为什么资本家会有这样的财富？为什么穷人的衣食住都不完全？……资本家的财富是从穷人手里抢夺来的！"

这是叶子的感想。

轮船很忠实地进了口，靠近了 S 埠回绕，巍巍然伸掌在天穹的建筑物，更是震荡于叶子的心弦。而帝国主义的兵舰，炮舰，战斗舰，更是充塞在 S 埠的江心，很威势的在保护这帝国主义东方市场的 S 埠。叶子由此知道，弱小民族深受了帝国主义经济，政治，文化，和武力的侵略，国内的军阀豪绅……却在剥削国内的普罗列塔利亚！

船抵了埠，劳动阶级的动物一个个争先恐后的到船上来找他们主雇，面包铁窗下的囚徒，在叶子看来是一幅很凄惨的漫画。

叶子上岸后，便在这资本主义集中的开展地的Ｓ埠跄跄踉踉的走动起来，他不知东西南北的方向，他不知这资本主义的社会中活葬了多少和他一样受经济所压迫的人们；但是，他想在这社会残酷的血迹中找一个奋斗的出路。

叶子在这十丈红尘的Ｓ埠住了三天，他夜间是住在一个每夜只花一角二分之代价的贫民旅馆里，虱子的在他肉体上的咀嚼，被子的臭味，使他知道了经济制度摧残下的血泪生活；过去他还没有尝到。他白天坐在一间小茶馆里，坐在这里饮茶的和贫民旅馆里差不多，是小贩，失业者，工人，流氓，偷儿。……每天的饭食是粥。他的马褂，长衫，棉袍都跑到当铺里去了。剩在身上的，只是一件短棉衫。和一条破棉裤。他想从血迹中去找一条出路，一条奋斗的出路，当然不易于找着，他想：在这样的时代，囚徒还沉睡在狱墙里，要囚徒们拿起拳头当然是梦想，现在的工作是在"呐唤"，于是，他拿起笔来写他的文章。

叶子第一篇创作是《生命的花》，只有二千多字，内容是描写他由自杀而走到奋斗途上来的一段哀史，艺术方面虽然过于幼稚，但内容方面很能感动读者的深心，他将这篇作品送给了一个小报，并附了一封乞求的信，伸诉他的意志和苦痛，自己送到报馆去。终于穷人的血泪，也能感动冷血动物大慈大悲的心；这位八字胡子的编辑，笑嬉嬉地给了他一元大洋，并且说了几句勉励的话。

"先生贵姓呢！"叶子抱了满腔热忱的问。

"……"八字胡子的编辑先生看了他一眼，并没有回答。

“他是余生亚先生。”旁边的伙计很得意的说。

“哦！余生亚先生？”叶子讶然地沉吟了一回，忆起了他从前读了不少他的歌词，“哦！就是先生。”

余生亚并没有回话，表示他是一个中国旧文学的传统作家。——八股小说家。

叶子拿了一元稿费，愉悦的情绪掀起了的血，这有如春花陶醉在阳光中一样的兴奋与招展着。在曲的线上，那末，叶子这一种情绪的成份，不仅是由兴奋而来的；至少，还有“今天也开始掠取了一元的代价”的意味儿含在里面。

叶子的生活便这样的下去，睡贫民旅窟，坐穷汉茶园，在茶园中写他的小说，如什么《人间的叹声》，《流血的夜》，……等等短而能动人的作品投到这小报馆去，这小报馆的编辑先生们因为要吸鸦片，没有工夫写文字，叶子的小说每元可买二千五百字或三千字，所以编辑先生也就很愿意收买了。

一天，叶子照样的拿了他发牢骚的短篇创作到这小报馆去。

“好！你来了，”那个和叶子已很熟悉的伙计说，“编辑部午正夫请你去。”

“午正夫要我去？”叶子也读了午正夫不少的八股小说，所以他很快的想起了这也是旧文学的一个有名作家（？）

“是的，他住在N桥，H里，一九二号。”伙计一面说，一面在纸上写。

“你坐7路电车去，”那伙计把纸条交给了叶子，又重复的说道，“到N桥下车，再问H里就得了。”

叶子拿了这张纸条，奉命唯谨的依着那伙计所指定的路线走去。

五年以前中国的新文学还正在开辟的时代，郁达夫的《沉沦》，郭沫若的《女神》，谢冰心的《春水》，正从旧的沉闷的文艺界燃着了一点的火花。叶子在五年前所研究的是古代诗词赋，和，《水浒》，《红楼梦》，以及林琴南的译作，和余，午诸人的八股小说了。《沉沦》等作他也读过，便是从这时起，他渐渐感着环境的沉闷，黑暗，对于人生发生了怀疑与烦恼，而将他从旧文学的墓道上拖到了新文学的花园中来。有时他有一种幻想，便是在他主观的意识上认为人生的意义是埋藏在新文学的环境里。因了叶子有了这点主观，旧作家当然是他所歧视的了。他的不艺术的感想作，在风格上，词句上，构结上，虽然是新的体裁，但他并没送到新文学刊物上去登载的勇气，旧作家得了他含有新的成份的作品，当然也会感着有些咀咕的滋味，而他的作品便在小报上登载起来了，于是，叶子便做了无聊的小报上的俘虏。

叶子按照着所指定的路线摸到了 N 桥，H 里一九二号的午宅，那正是十一点钟的时分，午先生还正在沉醉的梦睡中，叶子由午二姨太太招待坐在客厅上。移时，午先生起来了，笑嬉嬉地来欢迎这叶子青年。午先生写了一个标题要他做一篇文言的文章，标题是"略述家庭之世况及生平之经过"。

叶子对于文言文章还能写几句，他这篇文章前段是以祖父与薛福成出洋的事实，祖父的个性，……作中心，中段以父与伯父对于经济的重视作中心，下段是以自己的悲愤，奋斗作中心，颇得了午先生的嘉赏，而最得午先生得意者，不是中下两段，是上段，因为上段的主人翁使午先生受了一些感动——因为祖父是名人呢——封建关系打通了午先生的心。

午先生看完了文章，便开始吸他的鸦片。

"这也是一个无聊的东西！"

叶子不觉头痛起来。

"你坐到这边来，"午先生似乎看出了叶子的观感，"我现在吸鸦片，也是一种消极，我十七岁就能做文章，但是世事如烟，人生几何？所以吸鸦片了！"午先生吸了口烟，吐出了浓郁的气，又说道："我是没有希望的了，我只希望你，你还年青，还可做文章……。"

午先生的话没后讲完，八字胡子的余先生来了。

"唔！这是余先生，见过吗？"午先生介绍着。

"见过。"叶子回答。

余先生含着笑容点了点头。

"来抽鸦片。"午先生不客气的请客。

"不，我勿要吸。"余先生在读着叶子的论文，忙摇着头。

"……"沉静了一会儿。

"叶子还可以做文章，延清先生的后裔流浪到我们这里来了，哈哈哈。"午先生吐出了一口浓郁的烟气，喝了口茶，左手托了烟枪这样地说了起来。

"唔……"余先生也含笑着。

"……"又是一会儿的沉静。

余先生将一篇文章看完了，他并没有加以批评，以手掌掩了面孔打了两个呵欠，似乎烟瘾来了。

"来，来吸一口吧。"午先生又请客了。

"勿，勿要……"

"来，吸一口！"

余先生一面打着呵欠，一面倒在午先生的对面，泪珠儿流在脸上，从午先生那里接过鸦片枪，呼呼地大吸特吸起来。

"老余，我们也很忙，我们的小报就由叶子编辑，你看好吗？"

"……可以。"余先生在烧第二个鸦片泡。

"叶子，你听见吗？你在这里帮助编辑小报。"

"是。"

叶子漫声应着，他想："这种醉生梦死的东西！写着无聊的小说，吸鸦片烟，……我前途是光明吗？不，还是黑暗；现代的社会中何处不是潜伏罪恶的影迹呢？"

从侧房内走出了一个三十岁许的妇人，她是午先生的大太太。她艳嫩的皮肤，含情默默的眼睛，她的美点是要超过午先生二姨太多了。

"哦！这狗东西他还有小老婆！"

叶子的胸间又在发牢骚了。若不是他为着无第二条出路可寻，他早已离开这墓道上的两位古董骷髅了。

和风带来了春流的消息，暮春三月的江南天气，潜流着一点醉人的情调，在人间寻找光明，正义，真理的青年叶子，他回想到这几月以来的生活，不禁流下泪来。私有财产制的人间，是这样的苛虐吗？社会上的阔，名誉，伟大，法律，宗教，爱，家庭，职业……所有的一切，不都是以现代社会上的经济制度为一个中心的焦点吗？这几月来的生活，又何尝不是在这种被支配的条件之下呢？……

叶子在Ｓ埠已五个月了。这五个月中，更增加了社会对于他的磨折。Ｓ埠的小报一天天的多了起来，叶子所编的小报渐渐地新文艺化了；他介绍了文学上的派别，文学上的作家，……这于小报的资格不相投的，销路一天天的减少下去，而午余二先生便不免对之白眼了。午先生常在叶子的作品署着自己的名字，转买到各大报馆去，借这个拿点稿费来维持他的鸦片生活。午先生的苦痛，受经济支配，较他尤甚，午先生写给大报馆或书局的信，其乞怜的意味比叶子第一次写给他的尤过三倍。但叶子并不因自己的作品署了人家名字，便有醋意，只感着现代社会制度下活埋者不只他一人。

因为报的销路不好，午余二先生对叶子感情的冷淡，午余二先生的灰色生活引起了他的反感。他渐渐感着生活的不安了。由生活的打击，叶子在余暇便去卖自己所编的小报。他由 B 路，D 路，F 路，X 路，C 路……走了几个圈子，脚已酸痛异常，但一天只卖去了十二张小报。他第二天出去卖报，正遇着一阵大雨的下降，使他在一个小弄堂里避了半天，雨后：他又是拿了报纸各处乱喊，叫得力竭声嘶，可是一共只卖去了八份。

卖报动机是由于余午二先生的指定，在叶子则异常欣然，他简单的感觉认为人们什么苦痛的生活都可做，在将来总有能够出头一天，只要自己能够刻苦奋斗。叶子甚且很滑稽地想起了林肯在他童年时代来比拟自己，他的崇拜英雄的心理还没有能够离开封建关系呢！现在，这种卖报的贫困压迫了他，有时，他因为饥饿，将卖报的钱买了食物，回去不能交账，小报馆那小伙计，便对他不客气的叫骂起来。

"谁人的眼光不是势利的？"无论他是资产阶级或第四阶级，谁也是降服在势利的权威之下。叶子因为穷困乃至卖报，午先生的太太们也对之加以白眼了。叶子原来是带着一点颓废与感伤的情调，现在却更罩上了一层尘幕，他寡言，烦恼，他周遭的景象又黯黑恶劣起来。他正如失去了母亲迷却了路途的小兔儿一样，战战兢兢，不敢举起眼来对着人们直视，好像势利的人们对他都在狰狞的讪笑着。虽然奴隶是受着他主人驱使与虐待而不敢反抗的人，但有时，他也借着势利来欺负处境比他更可怜的人！午先生家中新来的女仆，她在午先生前面说了不少关于叶子的坏话，她煮饭减少，使叶子不能得着一饱，叶子的愤怒，也只有更深进一层的在心头了。

叶子渐渐从灰色的刑具中失去了他的天真，活泼，青年的气概，他的编辑费午先生不给他一文钱，他的头发长得很长，他的夹衫是污秽不堪，他的面孔是灰且老了。这是什么呢？这就是现代社会对于人生的剥削和索劫。

午余二先生对于叶子，也渐渐冷淡而不客气，在形式好像在表演他们家庭中多了这样一个讨厌的怪物。而叶子的生活，也就一天天的在这灰色的途上走去。

五月间，S埠的天气有时是异常炎热，东南风的吹拂，能使人们从迷醉的生活中觉醒过来。一天，叶子立在窗前，生活的影幕一张张从回忆中展开显映，枯涩，失望，悲苦，泪泉从这几种质料中流了出来。

"难道这就是生活吗？我所希望的生活就是如此吗？……"

在回思的泪泉之中，叶子找出这样的一个疑问出来。

"不，这不是生活，这不是我的生活，拿出勇气来，干！"

终于，他得了这一个有力的结论。

他回过头来，他看见壁上的日历是五月八号。

"五月八号，明天就是五九了！五九我们的应当要出一个专号，报的形式改用新式标点，印红的铅字，在这一天也来纪念纪念我们已死了的民族。"

叶子想到这里，便很兴奋地工作起来，第一是搜集材料，第二是作稿子，第三……。

生活是创造，所以生活是要不断的变换的，新的生活时常使人们起了一个新的感奋。叶子，因了这一个小小的计划，从上午一直忙到夜半，稿子才拿去付印了。

第二天阳光照在屋的角上，叶子便起来看他为我们已死亡了的民族而流的一点血迹的——五九特号——形式，内容，都有了一个大大的变动，叶子很兴奋地自己读起自己的作品来。

下午一时，午先生从梦中醒来，漱洗后，照常吸他的鸦片。一张红色铅字的小报，都是标点符号，直射到午先生眯睎的眼光中去，午先生左手举起了鸦片枪，右手拿着报纸一看。不觉大大地吃了一惊，大发雷霆的叫道：

"叶子，叶子，来！"

叶子立在榻前。

"谁要你将小报改成了这个样儿？"午先生怒视着叶子的面孔。

"我觉得这种形式是好一点。"叶子很颓丧的回答。

"好一点？什么流浪啦，思潮啦，印像啦，这些奇怪名词涂得满纸，谁看这报纸？"

这时余先生也气忡忡走了进来，手上拿了一份红字的小报。

"你看，这还成？"余先生将小报丢在大烟榻上，在午先生的对面倒下。

"我在正说，"午先生说，"这真是岂有此理。"

"不要他！"余先生怒叫着，"叫他滚出去！"

"不要就不要，谁也不能接收你这种奴视人的态度！"叶子悲愤充塞了胸头，不禁这样地回答起来。

"谁奴视你，"余先生将鸦片枪接在手里，"要知道你为什么会有今天？"

"是我自己奋斗的！"叶子说着，声音渐渐地高大了起来，"难道是你培植的吗？你们这些朽腐份子，抽鸦片，讨小老婆，写着没头脑的小说……你们算什么人？我真看你们不起！"

"你这东西，出去，不要你！"午光生也怒了！.

"出去，我就出去，谁要在你们这鸦片窟里过灰色的生活？"

"……。"

叶子愤然，额上暴露了一条青纹，悻悻地走了出来。

存着希望，奋斗，想破灭旧社会，建立新社会的叶子，又到了生活不稳定的时期了。在这样的人间，叶子将向那儿去走，这是我们不能预先知道的。

三

假使我们说，叶子的个性是脆弱的，这是对的，要是我们说，叶子的个性是硬强的，也是对的，因为叶子的个性是脆弱同时也是强硬的。正因为这样，所以他才被现代社会所遗弃，他想反抗而又不具有这一种伟大的力。叶子他已经认识现代社会的矛盾，黑暗，要打毁一切旧的，建立一切新的，但他并没正确认识如何来做这些。他已看清人类观念的卑鄙，建筑在现代经济制度之下的思维是错误的，但他并没有新的意识的概念。他同情于一切的穷人，苦人，反对一切的富人，豪绅，军阀，但他也只是一种感情的，直觉的，并没有知道社会上有这两个对立的东西。而他唯一的希望：奋斗，第一种元素也不过是想在社会上找一个可以立足的地位，有时，他希望的溪道里，不免仍然含有个人主义，安乐主义的流质。他曾今是有一种决定，便是在不能在社会立足时便去自杀。总之：他并没有想，奋斗的路程是由那些地方去的，要通过那几个阶段，到什么地方止——这些，他是一点也没有想过。至他之所谓奋斗，可以这样说：是他生命的欲火还希望在人间燃烧几天。假使，社会上有一条路，使他走到个人主义，享乐主义的境界去，他是可以牺牲他这暂时的热情与直觉的，而与他所谓恶势力黑暗的社会去妥协的！在叶子这种有计划的幻想的奋斗条件之下，一遇到生活的打击，也只有简单的"自杀"了。

叶子在愤怒中走出了午先生的住宅，跑到了汽车在东西奔驰的马路以后，立刻便有了一个很严重的问题摆在他的前面，那便是"到那儿去"的问题了。自杀吗？这或者是未来的事，现在还用不到这个，只有模糊地自己也不知所之的往前走去。人们都是这样，在受了几次打击以后，意识界只有空虚去占领着了。

叶子无意识地向前走，他经过 C 路，D 路……路旁的乞丐，小贩，流氓，卖艺者，一个个面孔上都刻划着被生活所割裂的纹，都是些时代的因。有几个英文写得很好，说得非常流畅，却跪在他所写的英文字旁求路人的惠施。说能力吧？那末，这些人的程度比叶子要高强一点。据那跪在地上的人自己说，他还是一个大学生呢！以大学生而为乞丐，这为了什么？是现代社会制度的罪恶，是私有财产制的结果。叶子知道，时代的因徒不只他一人，而是充塞在社会之中。

"假使我们说：社会原不会有乞丐，流亡，盗贼……，但终究有这些产生，因为这家伙太不遵守私有财产律的条件，这也许不尽然，工人，农民，小贩，他们是社会的生产者，但他们是一天天在由穷而向着破产的乞丐的路上去走……所以，我们肯定的说社会制度是罪恶的，这话是对的。"

叶子如此的想着。

"假使我们更扩大视线看一看，破落的农村，经济已开始破产，而农民们奴隶形式的生活……城市中烟突伸在空中的工厂，工人的汗血在涂着经济的漫画，而失业工人的悲惨，……更说：小资产阶级的青年，进学校便受了经济的苦闷，出学校在社会上找一件事拿十余元一月的代价以维持家庭生活，他们就这样毫无意义地将一生度了过去……还有出校后找不到工作的……"

　　叶子从人丛中跄跄踉踉，磨肩擦背地走了过去，而不断地在没系统的想着，失业的人们常是这样。

　　"假使……"在叶子的幻想中，每段的起头都是假使，要不是假使，那也不是幻想了，"假使世界上没有贫富的划分，社会的生产属于全人类……那时的人，是为了自己，也是为了全人类而生存着，那比现在的压迫与被压迫的世界是自由而有正义了。……"

　　"假使……"

　　为着了失去了生存的意旨，而幻想一切他所要想的，这也不是无意义的，而且在这些幻想中，有时也有它的真理，并不尽是幻想呢。……

　　晚夕从暗色的空气渐渐地笼罩于这灰色的街市，电灯在路旁吐出了黄色的光，汽车依然装载了吸取劳动者之汗血的特殊阶级在街道上奔驰，人力车夫也在卖力气的搬动了他的两腿想多流点汗血以解决今夜的归宿。乞丐，流氓，小贩，也为着了今夜归宿的问题加紧在那里忙碌走动起来。叶子终于因为饥饿，便当去了他的一件坏棉衫，用了他的晚餐，便找到了他那老主顾的贫民旅馆去。一个人到了这样的境遇，还有什么呢？

　　在夏天，S埠同为资本社会中之一种点缀品的臭虫，那是很有名的！这小的旅馆，这一角二分一夜的榻上，这榻上的破被窝，……它每天接待穷客，同时它也藏着了无量数的臭虫以伴这日间为穷困所疲困的旅者。叶子睡了下去，臭虫便一群群地来光顾他的身体，一个个都是肥而且大，臭味撞进鼻腔，五分钟里，体肤上已是肥，肿，奇痒，血淋淋的了。叶子举眼一看，"哎呀！我的天呀！"壁上，蚊帐上，被上，都是一群群好像厕所内的蛆虫在蠕蠕地蠢动着。叶子也只有很痛苦的皱起眉头呻吟了一声，便又从疲困中朦胧的睡去。但是，刚刚闭上了两眼，体肤上的创痛已不能再忍受下去，只有坐了起来，捉了几个，然而这是没有效力的，臭虫太多了！如此，躺在这榻上不足半个小时，已是遍体鳞伤了！

"哦哦！父亲，母亲，兄弟，姊妹，他们都是幸福的，睡在温柔的榻上，他们那里会想念着受他们摈弃而流落在这 S 埠，在这贫民旅馆，在这臭虫如蚁的榻上，睡着一个我呢？财富的人们，现在正睡在美人的怀抱之中，他们那里会想起睡在臭虫群中的穷人呢？……唉！穷人呀！财富是世界的，不是那个专有的，起来，我们起来，我们夺取回来……！"

榻上是再也不能睡了。叶子披了一件破夹衫，从贫民旅馆里走了出来。马路上是灰黄色的电光，立着了一两个手里拿着棒头在监视所谓"下流人"的行动的巡捕。此外是一些拉着黄包车在那里东张西望的车夫，再就是乞丐，流氓，小贩，妓女了！叶子在马路上没头没脑走了一阵，终于因为疲困要睡，他便学着他的兄弟们——乞丐——在一个弄堂里找了一个地方，躺了下来。就这样，他很舒服的睡了一夜。

在弄堂里睡觉，是不能久睡的，因为在天明弄堂主人要起来干涉了！

S埠的清晨，是便桶林立的世界，叶子由这便桶密布的马路上走了一阵。他走到了中华楼前面，看见很多的兄弟——乞丐——手里拿着碗，盆，在那个中华楼昨天阔人们所吃剩余下来的残肴饱涨他们的肚皮。叶子记得他袋内还有八个铜板，可是没有碗，只有涎沫下流肚皮里叫了一阵便走了。

　　D街，C街，P路，W路……叶子无目的走，走走……直走到足力非常疲困，肚皮里饿得不能支持，于是，又当去了他身上的一件破夹衫。他在一个小馆里吃了一碗汤面，又沿着马路无目的走了。鞋子已经破了，破的衬衫裤在这初夏还觉有点凉意。

　　叶子走到江边，走到他从前上岸的码头两旁，他看见许多兄弟，在那里卖力气的从船舱里将一包包很重很大的东西背到资本家的货栈里去，听说背包东西可得一个铜板。叶子忽然兴奋了起来，想："我每天背六十包东西也可维持生活了。"于是，叶子便开始第一次去尝着劳银奴隶的滋味。身体不健康的叶子，他这种计划又不能不失败，他背了一包大的棉花，便头重脚轻起来，包的重量是依在肩与头上，头不能举起，两眼不能直视；尤其是要走马路的这边冲到马路的那边去，有时要等待电车汽车走了过去，走时又要加紧速度率，才能免去汽车电车的危险。叶子背了一个能力不能胜任的大包，在路旁等待汽车电车的飞驰十数分钟，他正鼓起了勇气冲到马路的那边，包却从他的肩部抛在电轨上，而身体也倒了下来。这时正是一辆汽车驰过，差一寸便断了他的腿。势利的巡捕，很快的赶来，在他身体的瘦骨上敲了几个重重的棒头，要抓他到巡捕房去。还是几个同病相怜的背包兄弟，走来骂他"没力气就别要做"的话，代他将包棉花背上了栈房。叶子没有拿着一文的代价，吃了几根痛人的棒头含着眼泪走了！

　　叶子走到了另一个码头，码头上供给乘客候船休息的长椅上，坐了几十个失神落魄和他同样的兄弟，他也就在一个角上坐下。因为昨夜没有畅眠，又因为奔走大半天的疲困，和刚才痛打的疼肿，叶子坐在椅上，不能自主的两眼闭了起来，人声，汽笛声，汽车声，电车声……这些并不能扰乱他的好梦，他沉沉的睡去了。轮船码头的规律是供给旅客休息的，不是供给失业者睡觉的，在资本社会中失业者是应当没有出路的，只知执行这样的命令式的法律，而不知这法律对与不对的巡捕，他总是很高傲的，依着现代社会的势利，他来压迫比他更可怜更苦痛的人们！他举起了他的棒头，履行现代社会保障富人们一切权利的法律，在叶子身上重重地敲了一棒！

"你这狗东西，走！"

叶子从梦中惊醒过来，举着睐睤的两眼：同坐的兄弟们都露着了讥讽的笑。

"唔？你为什么打我？"

"我就是这样要打你！"巡捕又敲了他一棒头！

"你这……资产阶级忠实的狗！"叶子说了一声，便负着痛创走了。

五月间，靠近海岸的S埠，天气是时常易于下雨的。灰色的流云，在天空占据了全个势力，S埠落在恐怖的空气里；天，不久便要下雨了。

穷途的叶子，受着几次的打击，他的悲愤，奋斗，在无形中渐渐地消失，现在他只想解决他的生活问题。他看见马路上有很多相命先生，一天天的也可生活过去，虽然他知道相命不过是一种欺骗，但现在的社会又有谁不是欺骗呢？他很想做一个相命先生。

叶子从地上拾起了一枝粉笔，立在墙角，在壁上写了"觉觉命相"四个大字，"喂！八个铜板，新法相命……"的叫了起来。他不自然的姿态，不敢叫唤的声调，他自己也觉得好笑起来。

叶子立着有一个钟头，才来了一个老头子乡下人，老眼里汪着泪水，多皱纹的面孔上装着一个大红鼻头。

"喂！八个铜板，新法相命……"叶子居然唤得好听起来，有节拍，有腔调。

"先生！六个铜板好吗？"那老头儿声嘶着说。

"好，六个铜板，就六个铜板。"

"先生，我的儿子在工厂做工，不知为什么，给巡捕捉去了，我一家人都没有饭吃了，他能出来吗？"

"现今世界，是人吃人的世界，你的儿子捉了去，你为什么不去打厂主？"

"你……？"老头儿看了叶子一眼，便走了。

"这样不对的，我说得太快了！"叶子自悔起来。

天空忽然下起了一阵大雨，马路上的相命先生，小贩，流氓，乞丐，都向弄堂里蹿去，叶子也向弄堂里蹿，一套破烂污秽的衫裤已给雨落得"水野鸡"了。鞋子早已张开了那张大嘴，经过了这一次雨中赛跑，鞋底与鞋帮脱离了关系，于是，我们的叶子成了一位"赤脚相命先生"！

雨落了两个多钟头，叶子在弄堂里立了两个多钟头。

叶子将剩余的两角多钱，在饭馆吃了一餐饱饭。

叶子赤着脚在马路上绕了几个圈子，他知道他这样的形态相命是不成的了，今夜，他依然睡在弄堂。

叶子的日常生活就是这样，单纯而无意识。在他第二天饿得没有办法时，他在一个小店内偷了一个烧饼，这件事却不顺利，给店主看见了。打了他两拳头，烧饼却是没有吃到。这一天的下午，他睡在小菜场，给洋大人在他身上倒了一桶冷水，水中有些油质，淋在破衫上，他也只好仇看洋大人一眼而怏怏然地走了。因为饥饿，他又不能不想出路。虽然他有……也想自杀，但他对于他的前途，总是抱着一点希望的幻想，以为他前途是有希望的存在。

终于，他由同睡在一个弄堂里的朋友的介绍，到跑马厅去拉草车了。

五月的天气，阳光是异常炎烈的。叶子自去做工以后，每天清早便到跑马厅去，和他的兄弟们一同拉着草车。一天是十个钟头的工作，一天的代价是十角小洋，是在烈日之中过着汗血的生涯。有时，资本家的走狗工头，走了来还要依仗着洋大人的势利将工人们谩骂痛打。汗是终日的下流，面孔晒得如同焦土，臂上的皮肤都晒脱了下来！

叶子的一套破烂污浊的短衫，因为增加了汗质更是臭得不堪。他的同伴也是一样，他们一个个都是人间最苦痛的工钱奴隶，他们都是这社会制度之下被榨取的零余者！在每天工作的下午，日光增加了炎焰的燃料，叶子劳动过度疲困的躯也更痛苦起来；但工头他却常在这个时候，手里拿了一根鞭子，来痛打他的兄弟！他们每天的下午，都是将失去了活动的力，含着了苦痛的两眼举起来看那跑马厅南边的大钟；可是这钟呀！它好像在诋笑劳苦的工人，很迟缓的移动了它长短的两针。钟呀！钟呀！在你的针下消泯多少的人们？！

叶子每天在放工的时候，拖了他两只疲困沉重的腿，拿了他汗血滴成的——不，是生命滴成的——三角小洋，到小饭馆去饱涨他的肚皮。

在晚间的时候，他依然睡在弄堂里。但弄堂里要到十二点钟以后才能安眠的，不然，弄堂主人一定要加以干涉。而每天的清晨，又必定要在六点钟以前便要起来。劳苦，疲倦，失眠，饥饿……这样，使叶子一天天的瘦去，衰老，他已不像一个青年，长的头发，胡髭，生活之神所刻划着的面部的皱纹，和深涂着黑黝的灰尘，他简直是一个中年的病夫了！

因为从前睡在旅馆里多了臭虫的伤残，加以烈日的蒸发，和很久不沐浴的原故，咬伤的地方现在都发起毒来，满身现着疮痕，尤以腿部为甚；这样，简直是不能再去做劳力的工作了。在私有财产的社会制度之下，一个人由失业，困弄堂，卖气力，以至都因病而不能再去工作，一个人穷迫至此还有什么呢？难道会得资产阶级的怜悯吗？

"难道我就这样生活下去吗？"

叶子禁不住含着眼泪，这样的自己问着自己。

"生活是在制造。"难道这样的奴隶生活还有创造意味的存在吗？这样是创造吗？一个人这样的生活下去，还有一点人生的生趣吗？愿意这样生活下去的人，也许只有神经患者吧？这时，叶子有了决定，他决定离开这私有财产制的人间——自杀！

叶子减省了他以汗血换来用以饱涨肚皮的三角小洋，买了纸，笔，墨水，又跑到他初来上海所在的贫民茶园里去。在不明亮的电灯光下，他写着自杀的文章。悲哀的情绪，滴成了泪血的文字，虽然是不艺术，但是很能动人！他一面在写，一面在流眼泪，他对于人间的罪恶，不平，黑暗，流成了他所要写的文字。他写了两个钟头，他重复地读了三遍，他很伤哀的流了三次眼泪。

在这文章上，他有这样的几句话：

"强盗式的资产……占领了这个世界，穷汉的我们乃是这个世界的因者！打毁这牢狱的墙，夺回我们的自由！……"

这夜，他仍然困在弄堂里。

明天，叶子拿了他这篇文章，送到一个书店去。这篇东西居然得了这位编辑先生的同情，接受了他的这篇文章，很诚恳地介绍了一些当时的学者，给我们这位衣服破烂，污浊，恶臭，身体破烂没有穿鞋的叶子相见。生活的磨折，使叶子成了一个愚笨，悲伤，而不能讲话的人。他并没有和各位学者谈话，学者们也就走了。他从书店走了出来，那编辑先生给了十元稿费，紧握了他伤疮的左手，坚决的说道：

　　"朋友，别要消极，干，光明是在前面！"

　　意志薄弱的人，是不能完成他所有的计划的。自杀吗？叶子他并没有这种勇气和诚意。现在他有了十元，他买了一点衣服，洗了浴，剪了头，他在一个较好的旅馆住了起来。甚且，他去浪漫，在影戏院，剧场，坐在特别厅里尝试着资产阶级的生活。

　　如此，在三天的时间，他的十元大洋又化完了，他不能不恢复他以前的生活，他写了很痛苦的信，去找了几个报馆的编者，文学家，但他们也只有给了他几元大洋要他仍回故乡。然而，他能回故乡吗？

　　这样乞求的生活不能维持以后，困弄堂，跑马路的生活又来捉囚他的灵魂了！

　　有一天，他用粉笔描写了他的苦痛在马路上，自己跪在一旁，求路人给予一点施惠。这样，他跪了半天，路人只给了他铜元八枚。

　　又有一天，他无意识地走到了南市的贫民窟里，那里住着很多因机器压断的残废工人，唉！这是资本主义社会制度罪恶的漫画呀！

　　叶子受了这样的刺激，他便将他今天跪在地上求来的几个铜板，买了几张纸来，写了一篇《凄惨》，送到那书店去。

　　书店编辑先生很怜爱他，便允许他暂在他家里居处。

　　时光过得很快，叶子自失业流浪到现在，已两个月了。这两月血泪的漫画，刻画了私有财产制社会的罪恶，而他受了两个月非人的生活，疮一天天的扩大而遍于全体，他进了书店C先生的家庭以后，他发热，两眼发花，他病起来了。

四

叶子病复原的时期是在九月的天气。

叶子病中几个月的生涯，最初完全沉醉在失去了知觉与意识的状态之中。热度一天天的增加，疮痛的地方剧烈起来，由编辑先生C的怜爱，将他送在G医院中诊治。后来，病渐渐好了，疮也好了，可是他更枯瘦了。

叶子出院以后，正是C君结婚的期间，C君将他寄在一个朋友家内居处，C君和他的新夫人到杭州度蜜月去了。

C君的那位朋友，是一个对于金钱很吝啬的人——社会上谁不吝啬呢——一副将钱看得重的面孔，使叶子异常不堪。加以病后，他身体上有了变化，他时常用着冷静的头脑来分析现代的社会，而现代的社会到处都有针在深刺着他，他变了一个更易于激怒的人了。

叶子近来是做文章，在书店得一点稿费，维持了他近来的生活。

秋风送来了凄楚的消息，这位易于感伤的青年不时地流着他的眼泪。有时，他想起了故乡，有时他想起这一年来流浪的血史，他禁不住高叫着：

"现代社会是罪恶的，是黑暗的，人类是自私的！"

但是他，并不能解决他所否认的现代社会问题。他想用深刻的描写，划出现代社会的暗幕，和人类的丑态，但是他，又不能具有这样的天才。他只有，一天天的沉闷，失望，而厌烦人生生命史上未展开的几页。他知道，在未展开的那面，也不过是更凄惨的漫画。

这位青年在 S 埠留居将近一载了。时流的舞蹈，时常歌唱着人们生活史上血泪的几页。"这一年，这将近年终的一年，我所有的是什么？未来的又是什么？"糊模的血，酸楚的泪，也许能够深深的知道。

秋的过去，那便是冬天的来临。冬天，它都是表示它是老大，死亡，从北风中在奏着哭泣的调子，我们这位叶子青年，他好像是灰黯的夜间一人行在高原的孤旅者，空虚，寥寂，而留恋着那天穹摇摇欲坠的星辰，他不安于他寄于友人篱下的生活，他要在他生活史上翻开一页新的日历，创立他理想中的新生命。

死沉沉军阀战争没有停息已十余年的老中国，C 省渐渐露着革命的锋芒，引起了一般在灰色空气中辗转反侧的青年们的新希望，虽然，当时的青年，并不能了解于这一种革命的方式，性质，但他们有一个共同的观念，便是"比北方军阀好得多"。

在许多抱着新希望的青年之中，叶子当然也是其中的一个。C 省的军官学校招生，不收学费，并给与衣服膳宿和学用品，叶子抱了很大的热忱，唤道：

"我有了出路，打毁这私有财产的社会！"

叶子由书店的 C 君的朋友 S 君和他常去投稿的报馆编辑 J 君的介绍，到 C 省进军官学校去了。他这次的去，一方面想借这个时机去打毁现代社会，一方面是因为他这样流浪着的人，应当更远的飘流到那遥遥的南方去。

一个冬天的黄昏，他拿了 S 君和 J 君的介绍书，和 K. M. T 的入校证，买了一张船票，跑进一只到 C 省去的海轮，到 C 省去。

命运之神，他都是那样的滑稽而残酷，他又将这青年的残骸——

时代的囚者——送流到那远远的热带的地方去。这一根挣扎的生命的线索，又在什么时候才得断呢？总之：我们希望着，希望于这位游浪颠沛的青年，继续他未来的生命去奋斗，创造他的新生命，祝他新生活的开始。

五

由 S 埠到 C 省的轮船，行了八百海哩的路程便到了热带的境域；天气渐渐地暖了起来，它脱离了那北部残冬严肃奇寒的空气。海浪也平息了，船身不再表示它长途旅行的艰难。原来久病新愈的叶子，身体还没有完全恢复他的健康，所以当轮船在海心震荡不定的时候，他吐呕，头晕，病了三天。现在，旅程已经换了一个新的境域，阳光照耀在绿碧色的海上，青山衬立着青天白云的背景，翁森郁郁的远林，一切的景象，都脱去了那北方残冬灰色的情调，和沉闷的情绪，是新的，有生气的。当着一个人抱了一番热烈的希望，带着他生命的力，向着一个新的境域走去，而他的环境，表现的景幕也变了，于是，叶子立在船头，在枯闷的面孔上，破开了一条他将近一年没有笑过的笑挂在他的唇上。他不健康的身体，现在增加了新生的力，脱去了他那件和他一样颓废的棉袍，挽在臂间中倚在船栏上。

希望，兴奋，新的境界，洗涤了叶子闷郁的一切。

与叶子同房间也有三个到 C 省去进军官学校的青年。一个是资本家的儿子，他穿了一套西装，鼻梁上架了一副眼镜儿，衣袋内挂着一只金表，他具有一副资本家的儿子所特有的傲慢的面孔。一个是一位绅士的儿子，他的长袍加马褂，胖的身材，谈吐，走路，都表示他的绅士风味。一个是和叶子一样穿着破棉袍的青年，但他自己并不承认自己的贫困，他说他是为着爱国而去进军官学校的——他当然只知道叫做爱国，并不知道什么是革命。

"K 君，你从前是那一个学校毕业的？"资本家的儿子对着坐在他对面的绅士的儿子这样的说。

"S 埠的 F 大。"绅士的儿子 K 回答着，"你呢？"

"我是 H 省 V 大。"

"假使我们两个人都考进了军官学校那才对呢！"K 说。

"L 君，听说军官学校一年就毕业。"K 又说着。

"是的。"L 回答，"听说军官学校毕业后都做大官，哈哈哈！"

"是的，做大官，祝你做总司令。"

"有大官做。"那个穿破棉袍为爱国的青年，很得意的笑着。

叶子躺在榻上，听了他们的对话，不觉恼怒了：

"这些麻木的人类！"

叶子心中不住在这样痛骂着。

S 轮船抵了 S 港，照例停了一天。叶子又在这英帝国主义东方商场根据地的 S 港流览了五个钟头。在资本主义进展到了一个最高阶段的地位，而工人，失业者，小贩，也更增多了起来。层层的堆着洋楼的高山上，有很多女的孩童在挑着泥土向山上爬去。……

轮船离开 S 港以后，绕过了鸦片之役的虎门要塞，便到了黄埔的珠江流域。岭南的天气，景象，到处都留遗了春日的残象，绿色的水，青色的苍穹，远远的山……。黄埔是珠江流域的一个小岛，重重的山，环绕着绿色的水，几个睁着眼睛守着江流炮台，正张开了它的大口。

"哦！黄埔到了，黄埔到了。"

几个投考军官学校的学生这样的叫唤起来。

在黄埔的升旗山上，飘扬着一方青天白日满地红的旗帜，它好像笑盈盈地在欢迎这从北国里远来的青年们。

轮船抵埠后，他们雇了一只小船，上了岸，再乘着轮船，到军官学校去。

同来校考军官学校的一共一百多人，他们一进这壮严的武装军官学校的门，便沉肃起来，由一位有八字胡子的副官，将他们送进一幢空洞没有桌椅的屋内居下。另外派来了两个武装士兵，立在门外，副官很威严的唤道：

"看守着！"

便走去了。

一百多个青年们都惊讶奇怪，而怀疑："这是为了什么？"

他们被看守了一个下午，并没有食进一点食物送到肚皮里去，简直是被囚困了。饶舌的伙夫，勤务兵，他们穿了污浊的军服，已经掉了几个扣子，和他们隔着窗子说道：

——"哼哼！苦得很，当兵！"

——"他们招不到兵，所以到 S 埠说是招学生。"

——"我们也是大学生，上一个月来，现在做了伙夫。"

——"快要和×××打仗了，危险得很。"

种种的恶消息，从窗的那边送了进来。有几个抱着升官发财的思想而来的家伙，不禁愕然，从欣慰的脸上换了一副云雾罩着的面孔。可是怎么办呢？又不能逃跑？……只有叶子，他依然觉得有趣，他想道：

"好，也来尝一尝丘八的味道，生是怎么？死有什么？横竖死在这千里以外，也比死在故乡痛快得多。"

"长衫脱去，军衣穿起来。"一个军官，腿上有发亮的皮裹腿，很威武的叫着，后面的几个士兵将衣服拿了进来。

资本家的儿子，土豪的儿子，绅士的儿子，想来升官发财的大学生，看了那灰色的军服，黄色的草鞋，和自己身上的西装长衫马褂，不禁面面相觑几乎掉下泪来。

只有和叶子一样为着穷困而来的几个家伙，他们很迅速的脱去了破长袍，拿灰色的军衣背将起来，脚上穿了一双草鞋，丘八的样儿做起来了。

叶子这时想起了郁达夫的一篇《给一个青年的共开状》，他告诉一个和他一样无路可走的青年一条出路——去当兵——叶子顺便哼着"假使你宣传得好，那和你在一起的兵不是你的"的字句。

灰色的衣服背上了以后，接着便是排队，点名，和编制。叶子编在第二营第四连里，和同船资本家的儿子K，编在一起。一个连长，走了来说了一些"绝对服从"，"没有客气"，"纪律所在"……等等名词的训话，但没说及"革命"。继由副连长说了一些入伍生的待遇和兵一样，因为能刻苦将来才能带兵……。副连长的话，将恐怕升官发财达不到目的先一去死的家伙们很大的安慰，大家都有了一个念头："现在苦，将来还有官做。"

叶子对于这次的训话，很失望，因为"为什么没有说及'革命'呢？"

丘八的生活开始了。

自穿了灰色的衣服以后，他们每人发了两条毛毯，在屋内架起榻来，布置，整洁，都规定得非常的严格。他们都好像进了牢狱，不敢讲话，就是讲话，声音也是那样的低小；一个个的面孔上也换去了常态。

明天，正在黎明的苍茫之中，"的的大大"的号声，将他们催醒。"哇……"的叫子也在窗外吹了起来。

"快，军队的生活就是要快。"

连长在窗外唤着。

大家都很忙的起来，跑到昨天所指定的场上排着队伍。

"那一个？那一个？"连长的声音是这样的有威严。

"我……。"来得最慢的叶子答着。

"不行，为什么这样慢，出来。"

"我不知道……"叶子给连长从队伍中拉了出来。

"立正五分钟。"连长叱咤着。

叶子立在场的中央，在这严重的命令之下，他不敢动，但他心中十分恼怒了！在唤着：

"这牛马的生活！"

连长点名以后，对叶子喝道：

"你以后要快，知道吗？"

"知道。"

"到队伍里。去。"连长的声音好像喝叱"猪仔"一样。

叶子颓然的回到队伍中去，仍然在恼怒着："这奴隶的生活。"

在连长左转弯的口令下后，队伍便向着大操场走去。他们的足音打在地上非常的沉重，但他们的心灵，一个个都好像失去了自由的笼中的鸟儿一样，颓丧而灰心。

到了大操场以后，便学习徒手操练。假使你的动作与姿势，不能合乎连长的要求，连长的拳头就打在你的身上。叶子非常恐惧，心想："这剥夺自由的魔鬼，牛马生活，奴隶，那里是革命？做错了，可以说，为什么要打？"

操练了半个钟头以后，便收队回来，那位连长又拉着他的云南腔调训起话来：

"没有自由"，"绝对服从"，……除却了这几个名词以外，他没有谈到革命是什么。

你初到这军官学校，你不会找出一点革命的情绪出来，给与你的只是一些丘八的奴隶生活。

队伍解散以后，大家便去洗脸，脸没有洗好，便去吃早餐了。

"大家别要动，听到了我的唤声再说。"那个身上背了一条红带子的值日官说，"大家看见官长进来，由值日班长唤'立正'，大家都站起来，唤'坐下'再坐下去，唤'开桶'，再吃饭。值日班长，唤。"

"立正。"手臂上挂着红布条子的值日班长唤道。

"的理乒啦……"的一阵立起来腿部碰在桌椅上的声音。

"重来，不准有声音！"那值日排长说，"再唤，坐下。"

大家又坐了下来。

"立正！"值日班长再唤。

于是大家轻轻的立了起来。

"坐下。"

大家坐了下去。

"开桶。"

大家呼啦呼啦的喝着稀饭。

"快！要快！军队中的生活就是要快。"那值日排长又在叫着，"只有五分钟。"

大家都不敢讲话，睁大了眼睛喝稀饭。

有几个已吃好了，那值日排长又叫道：

"值日班长，唤，时间到了。"

值日班长丢下了没有喝完的稀饭，抹了抹汗，叫道：

"立正！"

大家都丢去下饭碗，立了起来。

"外面集合。"值日班长叫着。

大家都立在排队的地方排起队来。

"解散，没有话讲。"排长说着。

"解散！"值日班长唤。

大家向排长举手敬礼。

"重来！"排长叫着，"我没有回礼你们的手不能放下。"

"解散！"

大家向排长举着手，排长走了，大家才回到他们的寝室内去。

他们在寝室内还没有坐定，有几位少爷正拿着洗面盆预备去洗脸，"的哩大啦"的号声又吹了起来。

——"这是做什么！"有几个张望着两眼这样的问着。

——"出操。"有几个在回答。

大家又到那排队的地方排起队来。他们的队伍由值日排长带到大操场上去了。

C省的冬天，虽然不会下雪，但海风吹拂了大陆，身上只两件灰色军衣服的丘八，也有点不能忍耐。加以天穹中流荡着灰色的云，天快要下雨了。他们在操着各个教练，做着立正，开步走，跑步，……的姿势，而不住地打着寒噤。连长，排长，他们的拳头，野蛮的面孔，粗笨的声调，屈服了这班抱着新希望——虽然希望各有不同——而来的青年们。

132

操练了两个钟头，休息了五分钟，又继续操练下去。这样，一直到十一点三刻，他们的腿，脚，腰……都酸得不能支持，肚里也饿得叫起来了，才收队回来。

刚回到营房内在榻上坐下，号声又叫了起来，吃饭的时候到了。

在吃饭的时候，他们一个个睁大了两眼，冷饭一口口的吞了下去，好像饿牢中放出来的鬼。有几个"少爷"们，他们吃不下，却呕吐，病起来了。

叶子的饭量也增加了！他吃了三碗饭。

饭后休息一个钟头，又出操，下午五时半才收操回来。

晚间休息了两个钟头，他们便投入了睡乡。

叶子所希望的新生活，就是这样，一天天的继续下去。……

哦！在这样残酷的社会之下，军阀们养了可怜的兄弟，给他一点牛马待遇的生活，保障他的地盘，保障吸取第四阶级汗血的资产阶级！人类是在那毁灭的高原上，叶子就是其中的一个。

六

岭南的三月天气，是一个美丽幽默的世界。白云浮游在山间，山上披了绿色的舞衣，溪水碧澄莹晶，春流里送来人生幽秘的歌音。叶子的丘八生活已四个月了。这四个月中，他尝尽了奴隶的生活，入伍一周以后，他们背起保障军阀的枪了。他做过守门的卫兵，他于深夜间在山上放过步哨，他做过野外演习——在山上，散开，冲锋，瞄准，咬了牙齿演习杀人的技术。他们没有蚊帐，他们的衣服没有第二套可以换洗，是臭的，烂的！有几个抱着升官发财思想而来的豪绅资本家的儿子，都逃跑了。叶子他依然在这里，因为他没有地方可以逃跑。

几个月的丘八生活，叶子的身体却健康起来，他余暇的时间是研究书籍，他看了很多革命的书籍，他很坚决的认识，革命就是要"消灭社会阶级"。因此，他对于目前的非人生活，取了忍耐的态度，"革命就是要牺牲个人，创造社会的。"

的确，一个人要是抱了对于新社会的大希望，不能刻苦，放弃了个人主义，放弃了自己权利与幸福，那是不能成功的。叶子，他是认清了这一点。

在两月以前，军官学校开了一部份的军队到前线上去，近来传来关于东征的消息，是胜利的。并且，东征军队的痛苦，勇敢，叶子也略略的听到。叶子时常的怀想道："东征的兄弟，鲜血流在青青的草地，白骨堆在深深的山里，他们是为了什么？……假使他们是为了解放这时代的囚，毁灭现代社会的经济制度，那是对的。"

东征军完全得了胜利，被压迫的工农群众也活耀起来，而 L 将军的讲演，也完全站在工农的利益上，叶子叫道："对的对的，革命是为了工农群众。"

因为要欢迎东征军的凯旋，和欢送第二期毕业的同学，叶子得了校长的允许，演剧三天。叶子得了这一个机会，他好久不活动的脑筋现在运动了起来。他编了三个剧本，是《恋爱与牺牲》，《变了的军阀》，《到民间去》。在《恋爱与牺牲》的一剧里，他描写一对相爱的青年，为了一个新军阀与日本帝国主义密秘订了互相勾结的条约，这两个青年想将这件事的真相露布了出来，他们便决心牺牲他们的恋爱，由女青年设法投到新军阀那里去，做新军阀的第四姨太太，结果将条约完全掀破了，女青年便在新军阀的前面，宣布他的罪状，说道："我所以来做你的姨太太，为了你是一个官僚吗？为了你是一个新军阀吗？为了你有从人民那囊括来的财产吗？我爱你这些吗？不，我爱你的是你的生命！"便一手枪将新军阀的生命完结了。后来，那女子被拿到了法庭上，正在审判时，那男青年走来，痛骂法官判决的失当，认为这是"保护资产阶级的法律"，一个炸弹，毁灭了法堂，全剧便完了。在《变了的新军阀》一剧里，他描写一个青年，因为没有出路，由某革命家的友人的介绍，到某革命家那里去，某革命家便给了他的兵权，要他为工农群众去革命。某革命家临死时并且说道："我的事业是交给你了，你的血应当为着群众去流呀！"但某革命家死了，他却变成一个军阀了！他屠杀工农，解散党部，……结果，新军阀给他的兵士和工农群众打死。在《到民间去》一剧里，他描写一个青年，由他爱人的鼓励，和资助，他去投了军。后来，这青年觉得军队的武力不是民众自己的，他们的口号是一致的，他们的行动是相反的，军队只是军阀个人的，这样军阀战争，更不能解决民众的痛苦，他是有一营人，但是一营人是没有用的，他终于脱离了军队，回到民间去，和他的爱人一同组织工农的武装去了。

他这三个剧本，演得很动人，给了兵士们很深刻的印象。"艺术对于革命也有点帮助。"他这样的想。

东征胜利以后，省城内挂着革命旗帜的军阀，他依然在行使他的军阀意志，于是回师省城的战争又起了。

这次的战争，入伍生是全体参加的。出发的那天晚上，叶子背了一枝枪上了轮船，他的幻想又起了，他想："我是要死了，这次是不能回来了，死，又怎么样？只要我们是为了革命，未来的同志，踏着我们的血迹前进，死，又怎么样？"

在夜间，他们到了珠江的流域，在江的南岸山脚下布防起来。仅隔离三千米突[1]，江的那边便是敌人。

"轰……"江这边的炮声，射到江的那边壕沟里去，火花在江那边壕沟里爆发着。

江那边的枪，向着这边乱射起来，叶子们并不开枪，他们伏在江堤上。一会儿，江那边的枪声也停止了，大地在死沉沉空气的包围中。

"轰……"每隔十数分钟，江这边的炮，便对江那边的敌人射击着。

深夜，炮也停止了，寂寂的江岸，叶子们躺在壕堤上，天空流荡了火药的气味，繁星在笑着愚笨的人间。江里的水，好像是在啜泣，又好像在奏着这寂夜的歌曲。

他们一夜无眠，他们也不敢沉睡，东方的太阳快上来了，他们才伏在堤上将两眼闭起来睡去。

"轰……"大炮又对着敌人射击起来。

哦！这东方吐出红霞的早晨，这战争开始的早晨。

六月间，岭南的天气是特殊的炎热，在夜间，伏在江旁的堤岸上，又是那样的奇冷。如以炎日的蒸晒，和一夜的不眠，叶子是感着异样的疲倦了。战争是残酷的，但是为了要杀死当前的敌人，为了要改变社会制度，有什么方法可以避免呢？而且也不应当避免。

他们的大小便，他们的吃饭，也就是在堤壕上了。

这样，他们伏在堤壕上五天五夜，他们忽然得着进攻的消息，他们都上了轮船，准备渡江到敌人的战壕上去。——他们的战斗还没有正式开始呢。

江那边的炮火猛烈起来，听说四师的东征军已攻下了"龙眼洞"。

---

[1] 未突：即 meter 的音译，米。

136

入伍生的队伍一共有一千多人，装载十余只小船，一直的往彼岸驶去。前锋已开始接触了，枪声如炮竹似的响了起来。但半点钟以后，这声音也就渐渐疏失，而绝灭了。

"敌人已退却了呢！"连长叫着，"敌人已退却了呢！"

大家都从舱内伸出头来，已不看见敌人的踪迹，只看见青天白日满地红的旗帜在天空飞荡着。他们上了岸，一直到 C 城，与四师的东征军会合起来，占领着省城。——听说大炮打死了他们的师长。

叶子回想着，在途上看见几个被刀刺死的死人，死者凶恶凄惨的形态，使他不忍深看，但他一枪也没有放，这次的参加战争也未免太滑稽了。然而，他的同学，在前锋的，已死去五个，和一个官长，叶子想道："他们的死是为了什么？假使我们是革命的，为工农群众的，为改革社会制度的，那他们的死，是荣幸的死，他们的血，是有代价的血，假使我们的战争不是为了这些呢？——为个人，为军阀，唉！那太可怜了！"

S 埠震动全世界五卅大流血的工潮起来了！全国的民众都为了这血而在叫唤着，咆哮着。C 省在六月二十三的这天，也举了一个二十万民众游行示威大会。入伍生的队伍也参加在里面。

游行的队伍到了沙面，不意帝国主义忽然施行他的屠杀政策，机关枪直对着游行的群众射击起来。

一时间，队伍零乱了，哭声，号声，唤声，枪声，闹成了一片。……

叶子急忙在一个洋楼前石柱旁躲下，叶子他看见有几个十一二岁的小孩儿，他们因为恐慌逃走，便给人群踏倒在地上。他看见有一个十三四岁很美丽的小姑娘，一个枪弹射在她的脑部，她立即倒在地上。他看见一个工人，手里拿了一支红旗，那工人唤了一声"打倒帝……"，血鲜淋淋的死在那女孩的身上。他看见一个女学生，被枪弹打伤了胸部，躺在地上呻吟着。他看见……有个枪弹，射在石柱上，相差五寸，便打到了他。……

经过了长时间的射击，枪声渐渐疏了，叶子才从一条小巷跑去，而那些死者，血迹，总是映在他的脑间！

"战争，战争，私化财产制下的罪恶，资本主义制下的罪恶，打毁帝国主义的墙根，废除资本制度！"

叶子这样的激怒着。

叶子回到了营房，这幕血的漫画，都是在他脑海遗留着。

继着这五卅的流血，六月二十三的流血，便引动了省港大罢的潮流起来。省港罢工期间，工人的情绪是那样的热烈，他们牺牲了自己的工作，他们要反帝国主义，他们要反对资本家，省港的罢工，给了英帝国主义很大的威力呀！

叶子为援助省港罢工工人的生活，在 C 省演了五天的戏剧。

罢工是胜利了！工人的力量是大的！

在秋天的时候，叶子还没有毕业，便被调到军队中做政治工作去。

七

叶子在工作的时候，他唯一的不忘去农工阶级，他觉得革命是为了这样，革命是应当这样。他是担任的连党代表的责任，他的任务是站在党的立场上谋士兵的利益。他顾虑到士兵生活的改善，精神的安慰，使士兵知道自己的阶级，而与工农一致，使士兵知道自己的责任。这样，士兵很信任他，服从他，认他是他们忠实的朋友，慈爱的保姆。他并没有官长的风调，他与士兵是兄弟，是爱，是笑。士兵的病，他看护他们。士兵的早起晚睡，他照顾他们。士兵的痛苦，他为他们流着眼泪。他将他在军队中所受的苦痛，都不给他的兄弟受到。他常说道：

"兄弟们！我们忍耐，我们准备牺牲，我们要以鲜血去创立我们的世界，我们是被压迫者，我们与工农群众是一个阶级，我们要互相的亲爱，我们总有我们光明的时候。……"

士兵们都含着眼泪留恋着他的讲话。

叶子常这样的想："革命不是一天可以成功的，我们要从下层做起，一点一滴的血，才能流成伟大的革命巨潮呀！"

官长们对于士兵，都只承认他们是雇佣的奴隶，是自己的保护者，他们不知道士兵的苦痛，更不知道士兵的利益，他们看见叶子这样的去爱护士兵，便生了嫉妒的心情，官长们时常联合起来攻击叶子。

近来，连长因为嫖赌亏债很多，二月份的饷不够发了，但假使不发，叶子一定要站在士兵的地位帮助士兵讲话，所以连长异常的烦闷与懊恼。

一天的早晨，连长忽然在房内叫了起来，说他失去了一枝盒子炮，并且说：

"我房内只有一个党代表，没有第二个人，盒子炮是谁拿的？"

叶子明明知道这是连长做好了的圈套，他是将盒子炮卖掉凑银元来发饷的，却说盒子炮失去了。

"这反革命的东西！"

叶子恼怒着说！

终于人们都不相信连长会失去一枝盒子炮，大家都有点知道他近来的窘况，一定是卖掉了。所以大家并不注意连长的惊慌。只有一个排长，他很讨厌叶子，他想借此机会攻击叶子，但因为连长自己红了面孔，不敢再去噜苏，这种幻想也就打断了。

但是，经过这个事件发生以后，官长们和叶子的感情破裂痕迹更深刻一层，在三月二十事变的时候，官长们便证明他是过激份子，被囚禁了三天。在狱中，叶子流着眼泪说道：

"我们的革命到那儿去了？我们的主义到那儿去了？我们的革命又是为了什么？难道社会制度不更变，我打倒你，你打倒我，这就是革命吗？哦！哦！我们的革命已经到了刑场上！"

叶子又想道：

"东征与回师省城而牺牲而流血的兄弟与同学，他们是为谁牺牲的？他们的血是为谁而流的？为了革命还是为了个人？……"

在狱中，士兵们常买吃的东西送给叶子，在窗外对叶子流着眼泪，甚且他们要为叶子而有不稳定的行动了！

出狱后，叶子在政训部服务了三个月。而他连上的那些兄弟，仍然常有信来，写着不整齐的字句，说着悲哀的调子。在休假的那天，好多兄弟们来看叶子，他们见了叶子便非常喜欢，有几个比较年稚一点的孩子，眼睛还滢润着眼泪。叶子更同情于这班农村的破产，工厂的失业而来当兵的兄弟，他也常在休假日跑到连上去，与士兵们谈着故事，予以他们的安慰，唱着他所教给他们的国际歌，他们游戏，拥抱，他们是立在一个阶级上的兄弟，亲爱的兄弟，我们找不出他们中间的界线来。

七月间，叶子随军北伐，他被调到前方 E 军政治部工作去。

七月间，岭南的天气是异常的炎热，叶子随着到前方去工作的人员，冲过了暑气坐着火车到 S 关，到 S 关以后，他们便改用了步行，他们过了很多的溪流，他们过了很多的山岭，他们一天要走九十里的路程，下雨的时候仍然不停止前进。叶子有一匹马，但他不大会骑，而且矗立的山路也不大好骑，所以他完全仍是步行，……。

经过了七天的行程，他们到H省的HA县，战线就在HA县的前面，相距六十里。他们在HA县便开始他们的工作，叶子在群众之中活动起来，组织工会，农会，……，他决心领导着第四阶级的人们向着新的社会走去。他们开了一个群众大会，到会的群众有三万多人，这里的成份十分之七是农民，十分之一是工人，还有十分之二是妇女，学生，商人……。

前方的军事已进展了，他们的政治部便沿途工作随着军队的进展而进展。在这里，叶子时常到农民的家中去，询问他们的生活，苦痛，和农民很亲爱的谈起话来。从前方受伤回来的士兵，叶子常去慰问他们，抚摸他们的伤处，鼓励他们，告诉他们这是为着解放而流的血，这是为着群众而流的血……！士兵一个个都感谢与爱着他。

前方很顺利的占领了省城，叶子们便乘了小船沿着江流向省城行去。

夏日的晚夕，太阳隐在青山，余辉映在江里，江水呀！清澄可爱。天空是异常的沉静，大地是那样的幽默，绿色的田禾在阳光余辉之中沐浴……。叶子立在船头，他与大自然相融洽："呀！我飘流到H省了！我飘流到湘江的流域了！哦哦！"

叶子不禁哼着有节拍的歌调。

夜间，轮船抵到了H省的省城，他们便上岸在一个学校住下。

第二天，他们便开始工作，叶子与社会上各社团去接洽，调查，他们准备开一个盛大的军民联欢大会。标话，画报，传单，早已布满在街道上与墙壁间了。

H省的省城完全在浓郁的革命空气的包围中。

第三天，他们便开了一个军民联欢大会。

这个大会，到了有七万人，他们都是农民和工人，商人，学生，妇女，那是很少的了。群众的情绪是那样的热烈，群众对于北伐胜利后生活的保障是抱了那样诚恳的希望，他们承认北伐的胜利就是他们的胜利，但这种胜利要是离开了他们便是军阀的战争……！

欢呼声震动了全城，红色的旗帜飘扬于天际！胜利！胜利！我们庆祝这次的革命在我们工农的手里，所以他们的口号唤道："反工农利益的是反革命派！"

晚间，是游艺大会，叶子所编的《到民间去》，《变了的军阀》，又在这H省的省城演了起来。

游艺大会中，叶子饰了《到民间去》的一个女角，叶子并不漂亮，但他饰女子却是很像。全场中有些来参加跳舞的女子，她们见了叶子，都惊讶，奇异，说："像，真像，像一个女子。"

有两个女郎，她们很活泼，天真，而且浪漫，她们在叶子的面孔上擦粉，与叶子握手，两年来没有和异性接触与谈话的叶子，两年来在外过着残酷非人生活的叶子，两年来拖了他受现代社会所摧残毁了的残骸在外奔走挣扎的叶子，现在，他忽然得着异性的抚爱，他的心灵跳跃起来，欣欢的翅儿从他胸间展开，他好像久渴者得了一点冷水一样。

他们演剧，她们跳舞，他和她们好像是久已相识的人儿一样，他们在后台谈了起来。

"请问贵姓？"一个小而调皮的女孩子问着叶子。

"我叫叶子，"叶子回答，"你呢？"

"我叫李云。"

"她呢？"叶子指着旁边的一个美丽的姑娘。

"她是甘霖。"

"你们政治部在什么地方？"甘霖问。

"在长郡中学。"

"明天星期，我们到你们政治部来。"李云说。

"好的，很欢迎你们来。"叶子回答，一会儿又说道，"这里有什么名胜地呢？我们明天游名胜地去。"

"好的，"甘霖跳跃着，转动了她那醉人的眼睛，"游岳麓山，游岳麓山！"

"好呀……哦……革命成功万岁！打倒新军阀！反对军阀战争……！"

台下群众欢呼起来，他们演的剧受了群众的欢迎了！

叶子到前台演剧去。

夜间十二时，戏演完了，叶子临去时，那两个女子还说道：

"游岳麓山，明天，一定！"

第二天的清晨，叶子和秘书长O君正在谈着性爱的苦闷，昨天的那两个女青年来了。

"我们来到早吗？"一进门，甘女士便天真的说了起来。

"不，我很希望你们来早。"

"因为天气热，早一点到岳麓山上避暑去。"李女士说着便在叶子靠床的椅上坐了下来。

"你们游岳麓山去吗？"秘书长睁大了眼睛。

"是的，游岳麓山去，你也去吗？"叶子回答。

"去，我是要去，可是……我有事。"

"这位贵姓？"李女士问。

"O君，秘书长。"叶子回答，转面对着甘李二女士说道，"这是甘霖女士，这是李云女士。"

"O君也去吗？"李女士问。

"在暑天的天气，和年轻的女郎到山上避暑去，这种幸福谁愿放弃？只是我辈俗人，事多，不克如愿以偿，只有想叹而已。"惯于滑稽的O君，大大的发起议论来。引起了两女士笑得两张小红嘴合不拢来。

"太阳上来了，我们走吧。"甘女士吐出她那流利的国音。

于是他们站了起来，叶子提着他的照相机，与O君别离而去了。

他们三人坐了人力车，转了几个街巷，便到了湘江，岳麓山是在江的那边，要渡了这江才能到岳麓山去。

因为天气的炎热，他们下车后买了一些水果到一只小船上去。金色的阳光照在江上，碧色的波流送着这三个快乐的人儿渡过这潇湘之水。微风，轻和的吹扬，吹动了她俩的衣裙，吹乱了她俩额角的丝发。她俩，含着了沉醉的欢笑，她俩的秋波不时地射在叶子身上，她俩唱着《春之归来》的歌曲，她俩使叶子忘却了人间的悲哀，忘却了他是资本主义社会中剥削剩余的骸骨。他对她俩也是含情默默，他的生命跳跃在她俩之唇边。

她俩都有使叶子沉醉的地方，甘女士幽默的美，李女士的活泼与调皮……她俩都使叶子沉醉。叶子坐在船头，他在注视甘女士水滢滢好似在碧空闪晶的眼睛，他在注视甘女士一张小樱桃的红嘴，他在注视甘女士肥满的肉体上的曲线……唉！假使在甘女士身上一吻呀！那有如幸祸之再生……！李女士对于叶子是那样的体贴！她撑了一柄日本女人惯用的纸伞，她的纸伞蔽在叶子身边，她露在袖外的肉臂触着叶子的手，而且她是娇小，自然，叶子几乎拥抱了她而叫她一声"妹妹"。

他们离开了船儿向山上走，山上叠石垒垒，他们的汗珠儿下流。

"你的衣服湿了，脱下来给我。"李女士在叶子背上衬衣的外面摸了一摸，她说话的声音是那样的温柔。

叶子脱下了衣服，李女士拿在手里，他情不自禁地说了一声：

"对不起我爱的……"

他的面孔红了起来，她的，她的也在白嫩的面庞上现了一朵红云。叶子很后悔，他俯着面孔只有前走，不敢回头。

"天气热，你身体不好，走慢一点。"李女士并不恼他，她知道他心中正在自愧，于是她便找出这样的一句给他的安慰。叶子知道李女士很能原谅他，但他总是在那里幻想，好像他杀了一个人一样。甘女士有点不大爽然，她一言不发地走在后头。

他们到了岳麓山上，他给她们在深林里照了两张照片，因为她们立着照相的地方是在一块高石上，她们由他扶了上去，由他扶了下来，叶子第一次握着他所爱的女性的手，他全体的灵魂都在颤抖！他们到了山顶，在山顶一个什么庙的，他们坐在一张桌上，吃着他们带来的水果，谈着他们所要谈的话，在山顶上望着这潇湘，在山顶望着隔江的省城……！

在谈话的时候，她们知道了叶子从前在文学报上登载过作品的，她们忽然记忆起来，记忆了一个青年因为现代社会的摧残而去自杀的一回事的，这篇文字曾使她们流过眼泪！她们更深进一层中认识了他，她们要他告诉她们这几年来的近况。叶子说他的家庭，说了他在Ｓ埠的苦悲，说了他在Ｃ省军官学校的奴隶生活，说了他在三月二十事变的入狱，说了他……以及最近的奋斗，他的话使她们幽默，同情，眼间含着眼泪。

他们在山上吃了午餐，他们谈到了文学，谈到了政治，谈到了要摧毁这个社会的意志……。他们欢乐，他们悲苦，他们相爱着。

他们又游了几个庙宇，游了蔡公的坟墓，游了爱晚亭。她们告诉他爱晚亭的秋景，他们预约着秋天再来游爱晚亭。

夕阳已经西下，留在人间的余辉表示离别的伤情，也好像在不忍使这位久已飘流没有归宿的青年今晚在爱河的沉醉。他们又照了几张影片，他们终于走下山来。他们又在夕阳余辉里荡漾了一只小舟，渡过这湘江之水。李女士将叶子的西装披在他的身上，叶子感激着几乎流出真挚的眼泪。在船上，叶子对于这晚景不觉有点感伤，过去的地狱景幕又在他的脑中映闪，他觉着这正是要奋斗的时候，他决心要救出地狱中的现代人类。

他们上了岸，他们又到政治部去了一次。

他们到了政治部，O君正倒在椅上沉想，他见他们回来，显然有点摇曳的现象，说道：

"你们翩翩的偕行，可是我坐在这里闷死了！"

"谁要你不去？"李女士说。

她们在政治部坐了片刻，时间不早了，叶子请O君和她俩明天看影戏，她俩便离政治部归去。临去，李女士对叶子说道：

"你的身体很瘦，应当早睡，今天和你谈了往事，使你伤心，你不应当消极，我们还是奋斗呀！"

叶子望了她俩去了的背影，在灰黄色的电灯光下隐没，而李女士的言语，深深地浸压在他的心头，O君和他不住的取笑。

第二天的晚间，叶子和O君到她俩校中去，在电光烁烁的街道上，他们四人到青年会的影戏场去。因为时间还早，而且他们没有吃饭餐，便在天台上用他们的晚餐。用晚餐的时候，李女士又露出她那调皮的风姿，谈吐起来。甘女士却始终是保持了她的幽默，在眉目间流露女性沉静的深情。叶子很爱甘女士，但李女士对他很接近，风态使他沉醉，所以他爱李女士了。李女士把她的家庭，婚姻问题都搬了出来，她说她家里是一个小资产阶级，她的父亲将她嫁给一个军阀的儿子，快出嫁了，她不愿意，她……这样的话，引起了O君和叶子的同情，都说要设法援助她。

台下的影戏已经开幕，他们都走到台下去。叶子和O君坐在两边，中间坐了两个女性，李女士的肉体和叶子接近，叶子的灵魂在沐浴着李女士肉体的脂粉香里。影戏是《花好月圆》，剧中的情节非常哀艳动人，叶子流出了眼泪，左手不觉握住了李女士的手臂。……

影戏完了，他们又在街上跑了一阵，李女士的调皮，时常引起O君的注意，滑稽的O君，他也在向李女士进攻，要突破叶子和李女士的联合战线了。只是幽默的甘女士，她一个人怅惘着，也不大讲话。

十二点钟时，叶子和O君才将她俩送回校去。

八

无论那一个青年，他对于恋爱都是很热烈的，假使恋爱给了他一个严重的打击，那这一种破灭的情绪是无异于要投井的自杀者。恋爱是有它甜蜜的滋味，但也有它酸苦的成份，你在爱的酒杯里尝着一滴爱的酒，可以增加你爱的燃烧；但这酒，有时使你沉醉，在沉醉之中可以使你剧烈的变了你的一切，有时，爱的酒杯给你的爱人拿开，或是给第二个夺了去，那你的心核上便要奏出失望的悲调。

叶子与李女士的爱，进行是很顺利的，他时常接得她美丽信笺的情书，写着清秀的小字，表现着甜蜜的字句。当他每次得了她的来信，他的灵魂便跳跃在他的字句里，他新的生命便跳跃在他微笑的唇边！他深深地吻着小字……。

有一次，女士的来信说道：

"你是一个人间的孤独者，悲哀者，你没有慈爱的母亲，你失去了你可爱的妹妹，你已涸枯了你生趣的泉源，你是深夜中莽原中的旅者……现在我将做你的明灯，导你到这幸福的乐园来，我愿意做你挚爱的妹妹……"

叶子读到了这里，他受了很大的感动，他流着了两滴热泪。

自后，他俩的感情在爱的炉中燃烧，在爱的酒杯沉醉，几年以来，态度严肃，沉静的叶子，现在活泼起来，在他的面孔上也被爱的热流涤去了一层社会的沉闷。

他俩时常在月下缓步，而谈着蜜蜜的情语，他俩时常在影戏场中，肉体与肉体相偎依，他俩时常谈着诗……。他俩已在沐着爱的浴池。

但是，0君也是一个青年，他也在渴望着爱的热流，他取了很多的方式和战术去夺取李女士。叶子和0君也公开的讨论过爱的对象问题。

"要是你爱李女士，我就不爱，我们别要斗争，斗争是痛苦的。"

叶子如此的说着。

"不，我决不，我决不参加你们爱的战线。"

0君笑嬉嬉地说着。

但是不久以来，叶子发现了李女士写给自己的信内容情绪的疏淡，发现了她与0君通讯的事实……叶子非常的悲哀。

一天，叶子到门房查信，果然看见一封由××女师寄来的信，是寄给0君，清秀的字是李女士的手笔，叶子异常气愤，他将这封信拿了起来，他躲在厕所去读了起来：

"我挚爱的 O 哥……"

"我挚爱的 O 哥"，这句话给叶子看呆了，为什么摈弃了我？为什么去爱了他？叶子再读下去，信内很多攻出他的话，而非常忠实于 O 君，叶子心头酸痛起来，"哦哦！李女士，李女士！你将我的爱抛弃到那儿去了？你为什么将我的生命放在爱里燃烧，你又为什么将我的爱火灭掉？你与 O 君相爱，为什么又要攻出我，要我做你们爱的傀儡，爱的牺牲者？哦哦！"

叶子的面色变了，他的心也变了。

叶子倒在榻上，他想起几年来的飘流，一旦得了一个生命的安慰者，现在都被人夺去了……！

叶子他决计用手段来对付，他将这封信来捏掉，他写了一封信给李女士，说 O 君在他前面宣布，"每个女子都向我进攻，……李女士写信来骂你……。"他又说："不知李女士为什么要骂我？O 君惯于开玩笑,这或者是 O 君的把戏吧？总之：我想你决不会骂我……O 君说，他一定要破坏我们的阵线……。"

叶子又去告诉 O 君：

"O 君，你好，李女士来信了。"叶子笑着。

"李女士来了信？"O 君怔了一怔。

"是的，她来信告诉我，说你写信给她攻出我，她说我俩不过是挚爱的朋友，用不着你在她面前攻出我。"

"真的吗？"O 君的面孔变了颜色。

"有什么不真？"

"你的信给我看。"

"李女士她信上说过，不准给你看。"

O 君堕在悲伤的雾中了。

叶子很得意他这种破坏政策的高妙，这样，O君怀疑李女士与叶子感情的深洽，找不出爱的动摇与破裂的痕迹，李女士怀疑O君对她的不忠实，而抱了莫大的愧感，双方不再来通讯，而叶子便用渐进的手段来恢复他俩已失去了的爱。

叶子这种政策行了三天，果然很有效力，李女士和O君不再通讯，而O君沉郁的面孔，表示他已上了爱的刑场了。

这天的下午，叶子在O君的房内，斜阳虽然西下，天气依然闷热，忽然，李女士来了。叶子很怆惶，恐怕李女士来掀破了他的秘密，O君也以为见了李女士难乎为情，李女士也以为见了O君和叶子很惭愧……，他们三人的脸色，在一个时间之内，各人有各人的秘密，面上都变了颜调，而不自然起来。

李女士进了房门，异常踌躇，眼间含着眼泪，因为心头的恐慌，打碎了一只茶杯，冲破了这房内恐怖，沉郁的空气，李女士没有说什么便走了。

叶子得了李女士这种甚闷的印象，心头异常难受，自责的说道：

"我为什么要苦一个女子？"

而O君和他的隔膜也深了起来，他们简直不讲话了。

晚间，一个人徘徊在操场，他默默地望着天穹滢晶的星儿，他想起了日间的事，他很难受，他愤愤地自责道：

"我这狗东西，为什么忘去了我的责任，为什么忘去了我几年以来惨痛的历史，为什么我忘去了受现代社会所摧毁的'时代的残骸'的我们？我只沉醉于恋爱，我只往着个人主义上去走，哦哦！恋爱是小资产阶级的幻想，恋爱是小资产阶级的生活，普罗列塔利亚的我们，是时代的牺牲者，没有恋爱！哦哦！我还是放弃了恋爱吧！我还是去提负起我的责任来！"

叶子想到这里，他便去找 O 君，他在 O 君前面忏悔，他在 O 君前面宣破了他的秘密！O 君很能谅解他，夜间便跑到××女师去找李女士了。

前方的队伍已经向前展开，叶子们也前进了。

叶子离开 H 省城的这一天，李女士特别的饯行他和 O 君，他们依然在欢乐，忘弃了一切的阻塞。潘女士也在席间，她幽默，沉静，她时常以目光瞧着有点不自然的叶子，她好像在为着这将要离开这里到前方去的人间的残骸——叶子——悲伤，她好像在为着这爱之失败者闷愁……。

下午一时，叶子们出发了，她们送他们上了车站，各人的凄哀浸在各人的心头。

车开了，她们的素巾在灰尘中飞扬着，叶子望着他所爱，而被李女士阻塞了的潘女士，在流着了眼泪，他不觉心头一酸，眼泪也掉了下来。说道："我实在对不起潘女士。"

他们去了，他们到前线上去了！这人间遗弃的叶子，这社会摧残的残骸，这时代的罪因，又走进了人间的深雾中去，在雾中去找着他的光明，在雾中找着他们的同伴。

叶子去了。

九

汀泗桥的敌人已经退却，铁道桥梁完全被敌人毁坏。叶子便沿着铁路步行过去。

时候已在夜间，灰色的苍穹，洒着阵阵的细雨，狂风阵阵的吹刮。汀泗桥的附近都是荒山，两边是很大的河流，铁道上躺着很多的死尸，还有些重伤的士兵躺在风雨之中的山旁呻吟。

"哦哦！我可怜的兄弟，你们为了几块大洋便卖去了你们的自由和生命，流血断头去保障着你们的大帅，你们为什么不转过头来？你们为什么不杀掉在那里吃你们的血，吸民众的血的大帅？"

队伍行到深夜，雨也落得大了起来，叶子们身上的衣服完全浸在水里，他们才找到一个躺着很多为保护他大帅而丧身了的可怜兄弟们死尸堆满着的车站，他们便暂时在这里住下。

前方正在剧烈作战，枪声听得清清楚楚，窗外的雨下如注，叶子的腿已疲困异常，他在地上躺下，睡梦中，他呻吟道：

"我前方作战的兄弟，我希望你们的血是为着被压迫的阶级而流，是为着现代社会制度压榨下普罗列塔利亚的残骸而流，假使你们的死，是受了军阀的欺骗，为了少数的特殊阶级，那你们的死是无意义的死了！"

第二天的清晨，天穹仍然布满了黑云，丝丝的细雨仍然在漫洒，叶子们又冲过了雨点沿着铁路向前行去。

敌人又已退却。在途上叶子遇了两个伤兵，他们谈起话来。

"哦呀！你伤得很重。"叶子说。

"……别要紧，我们是为了民众，死了我们少数，救了我们的多数，死是我们愿意的。"伤兵甲在灰色的面孔上露出苦笑。

"在前方很苦呢！"伤兵乙说，"敌人向我们猛击，炮火非常利害，我们已在包围的形式之中，后方不能送饭来，我们饿了两天。"

"你们还是打的胜仗。"

"胜仗，"甲兵说，"我们最后冲锋上去，敌人便散了，我们打了胜仗。"

叶子在袋里拿出一罐饼干，送给了两个伤兵，伤兵便由几个农夫挑到后方去了。

距 F 城还有三十余里；隐隐地听得大炮的震动声。叶子们知道前锋已到了 F 城了。

又行了三个钟头，前方的炮战非常剧烈，敌人对叶子们的队伍射了三炮，一炮在叶子右侧前八十咪达 [1]，落在水里，掀起了水中的高波。一个炮弹落在后面，伤了一匹马，一个炮弹落得很远了。他们知道了敌人正在死守 F 城，前锋的部队都在城外。

他们政治部设在敌人炮弹能打坏的地方。这时，政治部有好多要做的工作，慰劳伤兵，慰劳被损害的农民……。

部队准备今夜攻城，他们预备了爬城的扶梯，这都是由政治部在农民家里买来的。农民对他们也很热心，提水送到前方，报告敌人的消息……农民很渴望于革命军给他们今后生活改善的保障。

在黑夜，叶子们，挑夫们，将扶梯送到子弹纷飞的前线上，他们给敌人打死了一个同志，打死了一个挑夫。

F 城外的剧战连续地演了三夜，死伤了很多的官长，死伤了很多的兵士，F 城下堆满了爬城兄弟的死尸，F 城仍然没有攻克。但 H 镇已飘荡了青天白日满地红的旗帜，政治部也就移到 H 镇去了。政治部的地址是在刘家花园，听说是从前吴大帅所住的地方。

H 镇是一个工人的区域，有几十万的产业工人，叶子们便在这方面活动起来。几月以来的北伐只看见军事长足的进展，没有党，没有民众，Kmt 的危机已在这个潜浸着在了。因此，积极发展群众，这是一个重要的工作。H 镇的工人阶级，久处于军阀的铁蹄之下，现在他们看见革命军来了，他们兴奋的热度达了沸点，他们自动的起来

[1] 咪达：前作"米突"，英语 meter 的音译，米。

组织工会，他们自动的起来实行经济斗争，二十天以内便组织了数万工人在革命旗帜之下了，革命是为了改变社会的组织，只有工人阶级才能担负这一个责任。

F城围困了一个多月，城内的人都几乎完全饿死，士兵已感着了疲困，所以到了现在F城被攻破了。叶子们又到F城去，在F城组织工人，F城，H镇，Hi镇，三镇的工人，都有了一条生路，向着光明的道路去走。

在这里，叶子遇着几件伟大的，他所企求的正义的真理的征芒伟人的十月革命纪念节到了。这一天，是西方工人的纪念节，是东方工人的纪念节，是全世界普罗列塔利亚的纪念节呀！在这一天，全世界的普罗列塔利亚，将要举起了他们的左手，而高唱着国际歌，高呼着世界革命成功万岁！H.F.三镇，在这一天，举行了一个群众大会。在攻克F城时，他们也开过联欢大会，但是，那有今天这样的热烈，今天，天空中飘扬了红旗，会场上挂着马克思，列宁，卢森堡，李卜克拉西，世界革命领袖们的照片，场上都是一些短衫，破帽的工人阶级，他们一个个面孔上现着希望，和勇敢的情调，他们一阵阵的送出国际的歌声，他们欢呼，他们跳跃，他们纪念着他们这伟大的纪念日。

街上都是红色的标语，红色的旗帜，红色的传单积在地上有二三寸，他们唱歌，他们欢呼，他们游行，革命的精神充塞了这红色的镇市。

革命的队伍里只有工人，他们是普罗列塔利亚的前锋！哦哦！这十月革命的今天，东方的工人和西方的工人他们遥遥的握着了手，他们巩固了普罗列塔利亚的阵线，将来毁坏这资本主义的社会就是在他们——普罗列塔利亚的他们。

叶子的精神紧张起来，他张望着血眼，对这普罗列塔利亚们表示着敬意。

又是秋意珊珊，树叶儿飞落的时候了。叶子近来，变成一个严肃，果决，刚毅，耐苦，努力于普罗列塔利亚的革命的人。他的生活完全是这样，是与工人阶级融化了。

H镇的工人团结了起来，他们自动的起来经济斗争，叶子也在这里很热心的鼓励他们的工作，资产阶级的先生们，都降投在赤色恐怖之下了。政治部，叶子日常是不大去了——因为他在政治部是担任的社会工作。

H镇除了灰色的军队以外，是工人阶级的。同时，乡村间的农民也起来了，他们与地主豪绅夺取着土地。

受现代社会所摧毁的残骸们呀！我们准备着复活的火花！

也自然，一个受了现代社会所摧毁的青年，可在艰难苦痛之中，想找出一个正义的，光明的，幸福的世界，他跑进普罗列塔利亚群众中去的事迹一种不妥协的精神也是当然的趋势了。

十

……[1] 迎他，他们很希望L将军，他们很信任将军，他们以为L将军一定会给他们的利益。L将军自己也说道：

"革命军是民众的武力，愿意受工人的指挥……。"

于是，群众欢呼了，群众拥护着L将军。

_____

[1]　原书缺页。——编者注

然而，人类的历史上，划分了两个不同的阶级，一个是压迫阶级，一个是普罗列塔利亚，这两个阶级是对立的，利益相反的，不能妥协的，假革命份子，领袖欲很高的家伙，他们始终是站在一个压迫阶级——虽然有时他们说着拥护农工利益。

　　H省流荡了革命的红潮，恐慌了地主豪绅资产阶级，他们反动起来必是当然的事。A省也是革命军的了。但是拥护布尔乔亚个人独裁灭泯了党，施行法西斯蒂的政策，反工农的利益！这是什么革命呢！北伐的胜利是谁得来的？地位是谁造成的？什么是民众所希望的？北伐的胜利是已死的将士们以头颅热血换来的，他们的血是为民众而流的，他们不是为个人而流的，难道他们所希望的革命是如此吗？已死的将士们将在九泉之下痛哭了，将在九泉之下不能瞑目了！东征，回师省城，北伐，牺牲了多少的将士？流了多少热血？然而他们是枉死了！他们的血是枉流了！他们的功绩是被一个人所湮灭了！民众拥护着，将士拥护着，是拥护着，做叛徒的吗？是拥护着，做新军阀的吗？是拥护着，反工农利益的吗？……民众希望给他们的利益，难道是希望着如此的吗？……

　　叶子呆了，对于军事胜利以后，不觉这样痛叹着。

　　空气一天天的恶劣，工人以热血，头颅从军阀手里夺来的S埠，全世界的普罗列塔利亚正在为着这红色的火光纪念着，谁知道他们的武装也缴去了！各省的工会，农会党部，也都解散了，是白色恐怖的世界了！工农被屠杀，头挂在城墙上，血液流在草地上！哦哦！革命到那儿去了？革命到那儿去了？

　　H省反L军事的突进，他们要求民众利益，一天天的热烈，群众已认识谁是他们的敌人了！谁是欺骗了他们的了。

　　叶子参加了大会回来，很疲惫的倒在椅上，忽然，他得了一封来信，是从长沙寄来，他拆开一看，是潘凤吟女士寄来。他好久不记着潘女士了，现在得了潘女士的来信，往事又重搬到脑筋中来。潘女士对他很热恋，很使他感动，他觉得过去因为李女士的阻碍太对不起潘女士了，眼泪流了下来。近来，关于李女士的风传很不好，听说她是一个虚伪的女郎，O 君也不再去爱她，他家中的小脚老婆到 H 镇来了——在工厂做着女工。叶子想要潘女士到 H 镇来，他想了一会儿，又觉得这是矛盾了。他想："恋爱与革命是冲突的，不是已经试验过了吗？而且在这革命斗争最剧烈的时候，那里有功夫去过小资产阶级的生活？"他决计只与潘女士发生友情的关系，写了一封回信去，便拿起笔写他的"反 L 宣传大纲"了。

现在 F 报馆请叶子去充任编辑，他多了一个兼职，他的工作也更紧张了。

叶子到报馆的第十天，他在行军时所写的一本《红光》正出版，F 报上也登着这样的广告，很多人写信来给他的批评，都说他还是做文学的好，别要做无聊的官吏。叶子给这班热望于他的朋友们的劝告，他真要仍然去研究普罗列塔利亚的文学，而放弃目前的工作了。同时他又很奇异的得了李女士从 H 镇一个旅馆里的来信，说她近来的窘况，叶子淡然的一笑，把李女士的来信烧了。

晚间，O 君打电话给他，要他到××菜馆说话。叶子到了××菜馆，报馆里的女校对员，P 主任，O 君，都在那里，叶子仔细一看，李女士也在那里。叶子的态度沉静起来，他一句话也不说。

"叶子同志为什么不讲话？"李女士说。

"近来他就是这样。"O 君回答。

李女士也沉静起来，面孔上现着一缕愁闷的云。

席散了，叶子踉踉跄跄的走了回去，说了一声：

"这一种无聊的女子。"

在写字台旁坐下，开了电灯，他做了一篇《无产者的恋爱观》排在副刊里。

春日的晚间，H镇沿江一带的风景很幽美。有和柔的风，有波荡的水……。叶子挽着一个女子，在这江边徘徊起来。这女子是潘女士，她是一周以前到这儿来。她是因为 H.N. 省已在恐怖的状态之中，地主阶级的军事当局，将要起来反对农民的土地要求了。叶子和她恢复了他俩的感情，他俩相爱，他已是她的丈夫了。潘女士也是家庭的牺牲者，也是受了家庭的压迫，现代社会摧残的残骸，他俩是同一的不幸者，所以他俩爱了。

现在政治的情形很复杂了，革命的前途将不免有一个大的变化，两H省的经济完全在反动派与帝国主义经济封锁的政策之下，H省的金融很紊乱，在恐慌状态之中。H省的食粮，日常生活的需用品，都感着缺乏与不足了。H省在这样的环境之下，便不能不找一条出路。有人主张到D省去，因为D省是全国财政最富足的地方。有人主张回到C省去，有人主张到下游去……但是讨论的结果，便是出兵O省，拟与西北革命军联成一条战线，使中国革命的力量由一个纵的而变为一个横断的，而且这种战线的联合是一个很大的力量呢。

出兵的计划便是这样决定着。叶子忙着参加北伐的工作。

十一

叶子临时调任宣传大队长的工作。在大雨纷纷中，叶子别了他的情人，和一百多个宣传员先行到前方去。他们是三等车，车的行走很慢，因为轨道上正在运着兵士和粮食。

第二天的早晨，叶子们到了信阳。

O 省完全是披满了封建社会的风尘，破落的街道，衰残的人家，表示这封建社会已徘徊在墓道上。叶子们在一个学校内住下，他们便分头工作起来。叶子将宣传大队分了六组——调查组织组，游艺宣传组，编辑统计组，农村工作组，特务工作组，党务工作组——叶子们这次来 O 省，准备着的第一个口号，便是"土地归农民"。而且在他们未到 O 省以前，关于 O 省的消息是很好的，说几十万的红枪会都是革命的武装的农民。但是来到这里以后，事实完全反乎此！第一他们反动派在革命军未来以前便有了反动的宣传，说革命军共产共妻，说革命军……。原来在封建思想中生活着的 O 省农民，他们得着这种宣传脑筋改变了；他们对于革命军起了反感。而且所谓红枪会，所谓武装农民，都是豪绅地主武装的保障，是土豪劣绅来领导的。因了这"土地归农民"的口号不能拿出来了！同时，对于这班地主豪绅不能不取应付的态度，和他们谈着革命军是帮助红枪会的一类的话。所以 O 省的工作，成了一个应付的形式了。

今天，正是五一节，叶子们在信阳召集了一个纪念大会。这天，一共只来了五百多人，里面便有二百多个武装同志——新投降的——却有几十个铁道工人。他们演说了芝加哥工人要求三八制的事实，意义，只有工人们知道，其他的都有些茫然了。

政治部全体的人员都来了。宣传大队又开到前方去。沿途，他们都在红枪会的包围之中，红枪会和他们成了敌视的对待，假使一两个人在乡村之中便要被缴械，被屠杀。宣传大队中也找到：两个红枪会的同志，红枪会完全是一种迷信的结合，而这种迷信是毫无意义的。如什么"你从那儿来，山东而来，到那儿去，昆仑而去……"

等等一类的话。可怜的 O 省农民，十余年来在军阀战争的蹂躏之下，是失去了生命，失去了自由的残骸，他们却依然执迷不悟，在地主豪绅的指挥之下奴隶的生活着。

宣传大队到了确山，明港，驻马店，再过去便敌人的了。在这些地方，一面他们在应付红枪会，从地主豪绅的手里夺取武装的农民，一面在应付着为了无地自容的新投降的灰色军队，告诉他们革命是为了民众。同时，从 H 省带来的钞票，此地都不能用。行军也很不便利，宣传大队在各地组织了经济维持委员会，由商人出来受买这种从 H 省带来素来流行的钞票。他方面，民众的组织，党的组织，也渐渐恢复起来了。

五月五日这一天，宣传大队全体人员在火车上举行了一个红色的纪念。

前方的军队还没有接触，军队还没有完全运输到前方来。忽然后方的空气紧张了起来，信阳的红枪会劫掠车站，挖断铁路了！前方的粮食又感着了困难与不足，红枪会的势力太可怕了！叶子便注意到这一个问题上来，他们冒了危险，全体动员到铁路两旁的乡间去，他们直接到红枪会的窠巢里去。……这样，他们渐渐与红枪会打成一片，红枪会渐渐认识了他们，而欢迎他们了。

后方的红枪会已经平复，军队也继续运到前方来。在暴风雨的一夜，前线的士兵冲锋过去打退了敌人。

宣传大队奉命移到前线去工作。

前线在滦河，敌人的炮火非常利害，隔着滦河对敌着。

叶子带着队伍驻在离战线十五里的一个站上，这个地方时常有大炮打来。宣传大队便在这铁路附近工作着。同时，叶子带了一组人到前方去，在滦河的一个土城里住下。城外河的那边便是敌人，敌人的大炮不停止的向着这城内袭击，老百姓很多的被打伤了！叶子在这里，时常率领着二十余人到火线上去，他们去慰劳伏在壕沟里的士兵，他们送给士兵们很多宣传品，慰劳品。火线只隔着一条河，当他们每次到战线上去敌人便猛烈的射击起来，这些士兵见他们来了，他们异常兴奋，增了他们作战的勇气。有时，叶子也参加他们的战争，他对敌人开着盒子炮，全线的战争又引动起来，步枪，机关枪，大炮，都一时的震动起来，子弹"咕……咕……咕……"一颗颗的从头上飞去，但是这种战争很少有伤人的地方，因为是伏在壕沟里的。

剧烈的战事在每天的夜间。到夜间，双方的战斗便不停息，炮弹时常落在宣传大队的附近。城内又驻有一队土豪所领导的保卫团，时时有反动的可能。滦河城素来就是衰残寞落的，居住了几十家已破产的小商人，这时，大家都紧紧地闭住了门，死沉沉地如在荒墓中，只有阵阵的风吹起了灰尘，在空中飞落，和店门前的几块破招牌，在黯茫茫的夜色中摆动，夹着炮弹子弹在天空射过激动了空气的应声。军队都在城外的壕上，城内只有这保卫团了。

叶子恐怕敌人冲过河来，又恐怕城内的保卫团叛变，所以夜间便不息地在街上巡视着。

晏城县是在河的那边，但河那边是敌人的，所以晏城县党部的人员也在这滦河来工作一切。县党部与宣传大队部住在一个空洞的古庙里，他们常在深夜间开会讨论一切进行的计划，炮弹的袭来，屋上的瓦响……时常的惊动了他们。但他们很兴奋，在一枝欲明不灭的烛光之下，他们的生命是寄留在这一条战线上，他们准备他们鲜血涂红了他们的旗帜，他们准备敌人冲过河来，他们准备炮弹落在他们的头上，……然而他们不放弃他们的工作。他们在讨论着明天的进行，明天怎样到火线上去慰劳与鼓励他们的士兵，明天怎样去抚恤被炮弹打伤，或死了的穷商人，小贩，……明天怎样去在农村中工作，明天怎样侦探敌人的消息，怎样的化装，怎样的进行，怎样的到敌人那边去，怎样在敌人后方工作……，怎样设渡河这边与敌人互通消息的电话，怎样搜拿敌人的侦探……。他们开会，巡查终夜不睡。

宣传大队的特务工作组完全派到敌人后方工作去了，他们是否去了？也没有正确的消息。党部也派了两个人去，他们在战线上工作的人们，都是穿的破衣服，吃的粗面包，他们没有幻想，他们面孔上只现着怎样去工作。"怎样去工作？"他们时常这样自己问着自己。

一夜，没有星光，没有月亮，灰色的云布在苍空，战线上的战争特别利害，机关枪，炮，步枪，愈演愈剧烈，空中时常发现着炮弹爆裂的火花。叶子们也觉得枪炮中的生命在震荡着。然而在滦河居住已一周了，一周来的不眠，工作，到乡村中去，到火线上去，已经疲困异常，他躺在地上——他们都困在地上——沉沉的睡了过去。

"不好了，敌人过河来了！"叶子睡去不久，一个守卫的宣传员说。

"唔？"叶子从梦中惊醒。

"敌人过河来了。"

"过河来了？"叶子爬了起来。

"是的。"

"别要乱。"

叶子将所有的同志挑夫，伙夫，都唤醒了。

"别要带东西走，"叶子说，"但各人的枪是要拿着。"

正是在茫茫的晓色之中，天空在下着濛濛的细雨，伤兵们背着他们的枪，很紊乱的从火线上退了下来。

"敌人过河来了吗？"叶子对着十几个正在逃退的兵士问。

"是的，来了。"一个士兵回答着，他们都不敢再逃了，立着在破庙前面。

"多少人？"叶子又问。

"七八十人。"一个士兵说，"我们的官长都死了，兄弟死了三分之二。"

"七八十人就退吗？"叶子说，"去，我们也去。"

叶子带着二十几个宣传队员就向前走，那十几个败兵也去了。

"你们在这里。"叶子又和挑夫，伙夫，党部的人员这样的说。

他们走上了城墙，城下的敌人在微茫之中蠢动着，叶子们在城墙上向下施行着猛烈射击，二十几枝盒子炮一齐开了起来，好像来了一百多人的步兵。那十几个退兵也高兴起来了，他们高声的叫了起来。城下蠢蠢的人影，恐慌极了，他们忙退了河那边去，在河里，给叶子们打死了三四十人。敌人退回河那边去，火力便集中着向这城上打了，迫击炮对着城垛子一个个的打去，在叶子附近的几个宣传员，打伤了三个，死去了一人，幸而打在叶子这城垛上的一个炮弹没有开花，所以没有损害，假使这炮弹开了花，那叶子是丧葬在这滦河的炮声里，那叶子几年来的飘流也只遗了这滦河城上的几点血迹，那叶子几年来在人的潮流中飘浪的残骸也就枯朽了！然而他还存在，存在人间，这残骸依然没有湮没呀！

后方的补充队伍已经开来，在叶子们剧战子弹快要缺没的时候，生力军开到了这城上来，叶子们也就收回了他只用于宣传并非用于作战的宣传队回去了。

党部的人员仍然站在门外，他们看见叶子回来，他们走上前来，他们露着诚恳的笑，紧紧地握着了叶子的手，一句话也说不出来。

被打伤的和打死的宣传员都抬到后方去，叶子流着眼泪说道：

"……只要你们的流血是为民众而流的……。"

晚间，河这边的部队对敌人冲锋，在枪声，炮声，喊杀声中，这边的士兵过河了，胜利了！叶子们要挑夫们挑着宣传品和慰劳品到前方慰劳士兵去，民众们也自动的挑水送到前方的士兵去。在夜间，他们开着会，讨论关于晏城今后的工作，和五卅的纪念大会……。

第二天的清晨，叶子带着所有前后方的宣传队员，挑夫，兵卒，随着胜利的部队，乘着火车到前方去了。

十二

前方是很顺利的，在临颍又和敌人作了一次剧烈的战争。但敌人后方的红枪会起来了，屠杀，夺取枪械，敌人在临颍只支持了一天一夜便退却了。

在××县，叶子在车站正遇了宣传队特务工作组的人员，他们一个个瘦了，黑了，面孔上现了病色，他们在这里工作了二十多天，所以红枪会是我们的了，和我们在一条战线上了！但是，这次的红枪会工作人员，失去了三个，不知下落，因为误会给红枪会杀死了一个。然而，他们为了革命，他们是很欢乐着。

郑州已经攻下，但到郑州去的铁桥都被敌人炸毁，没有火车，叶子们便步行了一天一夜，在黎明的时候到了郑州。

郑州也是很衰落，表露了他那战后的残象。西北革命军已于先一日占领了郑州，但是郑州革命的空气并不热烈，在革命胜利欢乐的面孔上，却深藏着悲哀愁容！宣传大队也不敢出来宣传，因为政治情形过于复杂了！所以只在铁道上贴了几张空洞的标语。

　　政治部也来了。大家都对着这严重的政局没有办法，关于后方政变的消息，叶子早已得到，但不敢宣布。现在更深深的知道，H. N. 省仍然在白色恐怖的进行之中，反动的×军队虽然解决了一部份，但政局上的疤痕是深刻着在的了。北伐的计划完全失败，纵的革命的战线并没有成功，第二步北伐的计划更是梦想了。消息不好，还有什么？唉！已死的将士，他们的血是枉流了！他们的血是枉流了！中国的革命是没有希望了！

　　因为政局的关系，政治部先行回到H镇去。宣传大队延留了几天，也就沿着冲来郑州的沿途血迹再回去，叶子在车上，他仿佛看见已死的将士在为着这次革命的失败而流着眼泪。

　　回到H镇以后，反动的空气一天天的恶劣，已没有妥协的余地，事实上也不能再妥协，再妥协，也不过在将来的政局上玩弄着这样的把戏。

　　H省不能再住下去了。所有的不稳定份子和灰色动物，假面具，现在都赤裸裸的跳舞起来，H镇已完全在反动的状态之中，在这一种情况之下，叶子天天和他的爱人看戏，吃酒，……享受这残骸的短时间的幸福生活。黄鹤楼头，扬子江边，时常发现一对少年，挽着手儿，谈吐着情话，道就是叶子与他的妻。

　　×军将开到前方去。×军仍然是革命的军队，原来叶子被派在这军队中去工作，但是他因为在前方受了暑，病起来了。所以他只好不去了。

　　H省的空气已是灰白色的了，×军已经开了，经济又使他恐慌起来，他在穷途忙迫之中，他在这残骸奋斗流落数载之余，他忽然想起了他四年没见的故乡！他想起了故乡的母亲，父亲，他想起了妹妹，他想起了这四年来的飘流，他流着了眼泪，他要回到他的故乡去。

叶子的故乡在白色恐怖之中，然而谁处不在白色恐怖之中呢？还是回到故乡去，还是回到故乡去，还是回到别来已四年的故乡去呀！

因为剪头发的女子易于引起反动派的注意，叶子不能不别离了他这残骸的寄托者，苍茫荒凉莽原中的伴侣，他血涛狂流的盆，他生命的培植者——潘女士——流着眼泪别离了潘女士，一个人拖着这可怜的残骸，回到他的故乡去。

这一对同居不久，爱的泉流在深谷之中激荡，各个人的生命深处刻划着这条爱的痕迹，同是受社会所摈弃的不幸的残骸的青年，现在，因为政治的关系，各人要回到各人的家里去，将有一个不知前途命运之神在何处栖宿的别离，不知这别离后有无再会之时期的别离，他们互相偎抱在怀里，两人的面庞相依贴，两人的眼泪流成了一行，而对着这一对残骸未来的幻影咒骂着。

但是，悲哀并不能禁止着不别离，叶子病好了，不愿坐的那辆马车终于坐上去了！不愿见的轮船终于跑上去了！不愿流的眼泪终于流了！流吧，酸凄的泪，流吧，这是别离的时候，这是今后不知有无再会时期最后相晤的时候！虽然，流着泪，虽然泪泉是从渗透的心的深处流了出来，然而他始终涤不清心头的苦衷呀！

深夜间，这义务主义的轮船要开了！你能不和你的爱人别离吗？你能不上岸去吗？船开了，潘女士上岸去了，轮船开了！潘女士好像身不自主的堕在雾中，倒在地上，爬不起来！叶子呢？潘女士去后，他想着他奋斗四年以来所得着的这一点幸福，现在又别离了！在雾中飞驰而去了！他抱着了头倒在被窝中，热炎的七月天气，他在被窝中流了一阵大汗！

轮船行了三天，叶子已来到了另一个恐怖的境域，他用牙齿咬了一咬唇边。

轮船靠了埠，检查很严密。叶子从一个较小的码头上了岸，坐了小人力车，绕了八十多里，抵到 J 城了！抵到这别离已四年的 J 城了！一个人很凄哀的离开了他的故乡，在外流落了好几省，过了很多惨哀的生活，四年后，他又很颓废的回到他的故乡来，倒塌的城墙，破落的街市，一如他离开这 J 乡他去时一样的残迹……。

叶子倒在椅上，闭着他的两眼，他想起了别离故乡时的景况，他想起了在 S 埠的悲哀，他想起了 C 省，H 省，O 省……战线上，潘女士……这颓废的城，他好像在梦中一样，眼泪如泉水似的流淌着。

"我回到这里做什么？这里我有什么人儿在？在工厂里，在战场上，在农村间，在那里才有我的兄弟，我痛苦的兄弟，我受现代社会所摧毁的残骸的兄弟，他们在希望我，他们在热烈的用手招我，他们在希望我去……我应当到这些地方去，我不应当回到这里来！"

一会儿，叶子又想道：

"几年来的奋斗都是虚废了！血是枉流了！中国的革命是失败了！是受欺骗了！现在，普罗列塔利亚们！我们已失去了生命，我们已失去了自由，我们已失去了灵魂，我们是现代社会所摧毁的残骸，现在，残骸们！我们起来，我们直接的做起来，我们举起我们的拳头，我们拿起枪来！打毁这仍未破灭的现代社会！"

叶子晕过去了，他在梦呓中仍然唤道：

"残骸们复活起来，残骸们拿起枪来！"

在穷困与命运的挣扎之中，我的创作已有了六集。第一集的《生活的血迹》，付印的时候自己很不能满意，但出版以后，居然在四个月内便行再版了。《笑与死》在我疲困之余在五天之内集成的短篇小说第二集，廉价出卖给了泰东书局，大概泰东因为我太不出名吧，好多在我以后收卖的作品，已经出版，而我的《笑与死》半年以来还没有付印。《残骸》是我第一篇八万字左右的长篇创作，也是困在书局今天才与读者相见。《葬》是一个中篇作，现在也由时代出版了。此外我还有两篇关于爱情的创作，一是《爱情之过渡者》，一是《冢上的供状》。前者由现代出版，后者正在付印中。而在这几篇作品中，都有一个共同的病态，不健全的瘦影，那便是代表小资产阶级的意识作。我时常想来克服我这种不健全的病态的意识，可是我作品的表现总不能使普罗列塔利亚化。不过，我还可自慰，就是我是向着普罗列塔利亚方向去走的。

至于这篇《残骸》呢？我在上面也已经说了一些是不成功的。在内容方面，这一点材料却也许是很宝贵的。要是在一个技巧的作家得了这部材料也许会成功一部力作的吧？我是失败了，而在革命文学运动过程中的今夜，这篇东西，或许不十分的腐坏，再呢？我的作品——不，无名作家的作品，没有和名家大作在同一的刊物上发表过的作家作品，是为一般读者所不注意的！是为老前辈们所看不起的，所不读的！因此，我的创作集就是出了六十部，也不过是得着几个和我一样可怜的读者们的同声一叹吧？在革命文学运动的今夜，我们应当打倒一切偶像的牌坊，将无名作家和大作家的作品在同一的视线上加以分析，比较，批判；将无名作家的佳作，排在批判的牌碑上，使一般高傲的名家，盲目的读者，也得来认清楚了这新时代里的新作家。

《残骸》是一部劣作，不过，劣作也可批判，我希望读者，拿出自己的勇气，在我作品的后面，写上几句公道话，大胆地批判批判。

现在的中国，文学批判家是很少的，成仿吾先生躲时代后面的东京去了，钱杏邨先生是出来了。在他的批判之中，多少带有一点培植与曲谅的地方，这，我看是可以不必的。不过，他老先生批判鲁迅的态度，倒是很正大的呢。我的作品不见得会得着杏邨先生的阅读，更不能得着杏邨先生的批判的了。然而，我是很希望要是杏邨先生在比较清暇的时候，因为要追时间的原故，来读一读我的劣作。再高兴的话，写几句话来教训教训，这也许是增加我创作兴奋的药剂吧。

龙二老爷

一

在我们顾家埭，要是你说到龙二老爷，谁也会点头叫道："知道的知道的。"不独顾家埭，就是全白蒲区，甚至全如皋县，不知道龙二老爷大名的人，也许是很少的吧？龙二老爷之所以如此得名，却有几个很大的原因：在我们顾家埭被称为"老爷"的人，是有这样几个条件的：第一，要有多钱，或是多的田，一句话，发财的。第二，是做官的，或是与官僚相勾结的讼棍。第三，是前清的秀才或是秀才以上的人物。有了这三个条件，还要有几根胡子。不过，胡髭并没一定的标准，没有这三个条件虽然有胡髭，人家也不过叫你一声"老头"漂亮一点是"老爹"，"老爷"是要所谓"发财的"人们才能博得这个名称。换句话说：你虽然没有胡髭，年纪有四十岁以上，而有以上三个条件中的一个条件，也会有人在你前面唤着动听而尊贵的名词——"老爷，老爷"，这个"老爷"的"出处"根据也许不是我们顾家埭是如此，我们的"老中国"都是如此吧！

至于我们的龙二老爷，那是很"了不得"的：他既有多的田，有多的钱，发财的，又是前清的"举人老爷"，他虽然没有做过"官"，可是他与"官老爷"通声气的，"县长大人"因为他是"举人老爷"，时常请他在衙门里吃大菜，躺在一张榻上抽大烟，老实说，他是一个讼师。而且——而且他还有几根白胡髭，因了这样，龙二老爷便成了一个有名的老爷。

却说龙二老爷在没有中秀才举人以前，那时穿一件青布破长袍，也是一个穷小子，那时当然没有人叫他老爷。可是他一中了秀才，便时髦起来了。及至中了举人，便"了不得"了。龙二老爷原来姓顾名龙二，中举以后，便没有人去叫顾龙二而为龙二老爷。且人们当面，只叫老爷，"龙二"的两个字也不叫了。只因我们顾家埭的老爷很多，什么大老爷二老爷，……假使只叫老爷二字，就分不出所指者是那一个老爷，假使只叫二老爷，也不清楚，所以便龙二老爷，龙二老爷了！

当龙二老爷中了秀才，无论什么人都跑来跪在地上，改变了他们口号，不叫顾龙二，而叫老爷。也从这时起顾家埭人们的眼光便也不同起来，在龙二未中秀才以前，人们在路上遇见了他，也不过说一声：

"顾龙二，那里去？"

龙二便抬起头来，看一看谁在那里和他说话，而笑嬉嬉地去回答一两句。可是中秀才以后，人们见了龙二，都拱着手，仰起头来，站在路的旁边，现着可怜而诚恳的笑脸，提着半高的声音叫道：

“老爷！”

老爷也和从前不同了，他跑路的时候，身体摇摆起来，烟杆子在大的袖子下面一摇一摇的。人们叫他一声：“老爷。”他也不过点一点头，举起手来抹一抹胡髭，大摇大摆的走过去了。或者那眼光越过了眼镜框上面瞟你一瞟，“哼”的应你一声，这就算对你“客气”了。

二

前清时在我们老中国，中秀才的人那是了不得的。不独人们会尊重你做“老爷”，而且为了什么事件和人家发生了轇轕，便要请老爷来解决。老爷或许沉下面孔，用手在桌上一拍，高叫一声：

“不对，你太不懂事罚你五十元。”

那你也只好俯下头去，应声几个“是”字。回去，你便要想办法送给老爷五十元，没有，卖儿子，女儿，老婆。而老爷的钱却不能不给——在我们顾家埭，这叫做谢仪——而你给老爷骂的故事，便会在一点钟之内而传播全村。还有一些人，因为免得他人的欺负，要倚仗老爷的声势，也就很痛快的送老爷几十两银子。老爷便会笑嬉嬉的送你出门，而你，在无形中，便成了老爷的保护人了。你回去，自然，也可能在别人的前面夸傲的说：

“老爷真好，他还送我到大门外面来呢。”

人们得了这个消息，对你也就不敢不尊重。假使，你对某人不满意，或许他对你有不尊贵的地方，只要你说一声：“到老爷那里告他去……”他便很恐慌，而对你来赔罪了。

所以，老爷在我们中国的历史上，他的力量是如此的大。

顾龙二中了秀才——不，做了龙二老爷，于是，顾家埭的非顾家埭的一些小百姓们，有请他解决纠纷的，有请他做保护人的，也有被老爷罚银子的——一句话，小百姓们都来送银子给龙二老爷用。龙二老爷也就在沉怒的面孔上，手掌拍桌声中，送客出门的微笑里，得了一笔财富，由穷小子而秀才，由秀才而富人了。

龙二中秀才不久，大概是三五年中便建筑了三个大门，一进九堂的瓦屋，买了百五十亩的田。

秀才已经给了乡下人的尊敬，秀才而发了财，发财的秀才，所以是"了不得"了。愈受人尊敬，便愈有钱，愈有钱，便愈了不得，愈了不得便愈有钱！

三

不记得是在什么时候，总之是在宣统年号前吧？秀才忽然以举人闻。哦呀！这是一个"了不得的不了得"的消息！全顾家埭，全白蒲区……只要是有钱有田，或许与龙二老爷有亲戚故旧的关系，都来了，都来三跪九叩首庆祝龙二老爷的高升。不独如此，有势的做官的也来了！县长大人都来了！龙二老爷头上是红顶子，身上是举人袍，笑嬉嬉地，在一进九堂的客厅里跑着方步。而穷小百姓们，也扬起来，只是他们穷，不能参加老爷的典礼。

自此以后，龙二老爷的威风也就在百尺竿头更进一步，出外都用轿子，路上遇了人，要不是有钱有势做官的，你便叫一百声"老爷"，别要说是点头哼声吧，也许他瞟也不瞟，轿子便走你前面抬过了。

也就是从这个时候起，龙二老爷时常坐了轿子到县里去，与衙门里的县长大人交起朋友来，与县长大人躺在一张榻上吸鸦片也就是这个时候传送全村。又据龙二老爷当差的王二所说：

"哦呀！老爷在城里天天打牌，打牌的都是些老爷，县长大人也和老爷打牌……祝老爷的人最好，每次打牌都要给我四毛钱……"

因了这：而倚靠龙二老爷，要龙二老爷解决纠纷，……的乡下老百姓，也比秀才时代为多。假使我们要将龙二老爷的这些事迹，写成一篇小说，倒也可以成为一长篇呢。可是著者没有勇气如此，因我既无艺术的技能，又不能了解龙二老爷这时代生活的实况。只有一件事，我是很能记得的，就是龙二老爷有个赌友时辑五，是住在顾家埭东边的一个村庄仇家桥。辑五是个大概有三百多亩田的地主，但是父亲死了，哥哥也死了，只有一个寡妇母亲，和寡妇嫂子。大概那是龙二老爷长在时辑五家里打牌的姻缘吧？寡妇嫂子结识了龙二老爷——私通。顾家埭和仇家桥的人们都知道了这个秘密，虽然不敢当着众人宣传，都是心头知道。

这件事，引起了人们的注意，并且，这件事，与龙二老爷的生活有了很大的关系。

一天，寡妇嫂子从龙二老爷家里回家去，面孔就便变了颜色，同是一样东西，好比是椅子，茶杯……一到了她的手里，便跳舞而发出吼声。——茶杯是含有炸裂性的，在她的手中抛在空中经过跳舞而碰在地上而发出吼声，便成了碎片。时辑五见了嫂子如此威风，很有些不高兴，便用棒去打黄狗，骂道：

"东西！你不安本分就出去！"

"谁是东西？"寡妇嫂子从房中跳了出来，"你管理我吗？"

"谁骂你，谁敢骂你？我打黄狗的，你却认为骂你……咤！"

时辑五一面说一面沉下面孔。婆娘——辑五的娘——也跑来实行她管理儿女的责任，说道：

"你们吵什么东西，上面还有我呢！……"

大概寡妇嫂子给婆娘骂了一顿，使呜呜啦啦大哭大叫的——什么欺负我寡妇啦，什么我没有日子过啦——散着头发到娘家去了。

龙二老爷知道了这个消息，或许他与寡妇嫂子是计划好了的，他在寡妇嫂子回娘家去的第二天，便坐了轿子进城去，第三天的顾家埭和仇家桥便得了一种消息，说："寡妇嫂子的娘家杜二老板请龙二老爷告了时辑五。"一时间，顾家埭和仇家桥的空气便浓厚起来，大家很有趣的在讨论这个新闻，而有一个结论——"时辑五不得了，要冲家了。"

原来，龙二老爷代人诉讼也不知有了多少次数，如张三坐牢，李二卖田，王四的"官事"[1] 打输了……都是为了龙二老爷的代理诉讼。所以，诉讼，在我们龙二老爷的经理之下，也不算什么稀奇。只是寡妇嫂子与时辑五的诉讼，在人们看来却是大事。因为时辑五是个富地主，而遇了一个"本事"[2] 很好的龙二老爷，这是一场大"官事"。——诉讼原来以金钱为中枢，所以有钱的时辑五和寡妇嫂子的诉讼，就非常"好看"。

好看的，大官事开幕了。时辑五丧青了肥大的脸，老娘哭肿眼睛，逢人便说：

"儿子不好惹了大祸事。"

---

[1]　官事：江北俗话，称诉讼曰官事。
[2]　本事：江北俗话，即手段的意思。

四

时辑五是我们白蒲区的大赌脚[1]，他的时间与金钱，差不多完全花在"麻雀"与"纸牌"上。虽然他是一个三百亩田的地主，因了赌，他负债很多，或许要化去他所占有之财产的三分之一，才能还清赌债。自他与寡妇嫂子有了家庭的诉讼交涉，到他府上来要赌债的便来往如织……。

这件"官事"，因为"太大"，而诉讼经理人龙二老爷又是辑五常见面的赌友，所以很客气，经过了一年之久，结果是"和"了。不过，辑五这年因为要给龙二老爷的"谢仪"，要还赌债……今年便卖去了二百五十亩田。因了这，寡妇母亲要自尽了三次。

寡妇嫂子经了这次诉讼，便得了三十亩田的供给，终年的住在娘家，与辑五的家庭便脱离了关系。与龙二老爷的私通，在形式上，似乎也告了一个段落。

五

老爷，那是很少没有姨太太的，龙二老爷当然也不能例外。虽然胡髭长了白了，吸鸦片的程度也比秀才时代来得可以，可是他的

---

[1] 大赌脚：形容赌徒中之佼佼者曰大赌脚，亦江北俗话。

身体还是那样的壮健，虽然他已是五十多岁的老头儿。龙二老爷已经有了三个儿子，大儿子也中了秀才，据人说，二少爷的学问比大少爷好，不知为什么反中了大少爷，这也是大少爷的福气呢。不过，三儿子人家就不十分尊重他，可是乡下人倒也叫他三少爷——这大概是有钱有势和老子的关系了。此外，龙二老爷有四个女儿，原来他是一个福人。然而，在龙二老爷，就不能十分满足，要纳一个姨太太。

杜二老板，是寡妇嫂子的父亲，他生了三个女儿——一个是现在的寡妇嫂子，一个是嫁给了陈仲清做"后房"[1]，还有一个是生得很清秀的姑娘，现在才十八岁。杜二老板的"油坊"[2]所以生意兴隆，财源广进者，完全得力于他的女儿。因为第一个女儿嫁给了地主时辑五，便开了这爿油坊，第二个女儿嫁给了陈仲清做后房，油房就大起来。杜二老板想在第三个女儿身上找一算"大出息"[3]，来更扩充他的"油房"。那大概是寡妇嫂子的建议。或许是龙二老爷的要求，杜二老板的三女儿就有给龙二老爷做姨太太的消息。

"老爷。"刘四夸子是龙二老爷的跑差，龙二老爷一有了什么事是不必要自己去，就叫刘四夸子去。刘四夸子是善于体谅老爷的人，老爷很欢喜他，但他一见了乡下人，面孔便变了颜色而有了傲慢，威吓，奸诈的手段与情调——一句话，他是帮助了龙二老爷去征服所谓"乡下人"的人。今天他从杜家庄回来，一直跑到老爷的烟榻之前，老爷正在吸鸦片。刘四夸子笑嬉嬉的说道："三姑娘很漂亮，白果脸儿。又白又嫩一双小脚儿……"

"你看见的吗？"老爷笑嬉嬉地支起了半个身体很快活，"——

---

[1] 后房：妻死，再娶，江北称后房。
[2] 油坊：卖豆油的榨坊曰油坊。
[3] 大出息：形容有大利益也。

且坐下来吸口鸦片。"

"看见的,看见的,"刘四夸子接过了鸦片枪,在老爷的对面躺下,"寡妇奶奶要老爷一定娶了她。"这句话说得很低的。

"哈!哈!"老爷大笑起来。

龙二老爷终究娶了杜二老板的三女儿做姨太太,而寡妇嫂子也又在龙二老爷家中走动起来。

六

宣统三年间,大中国有了一个大大的变动,"五色国旗",打倒了"龙旗",革起命来了。那时,大中国的一些"老爷"们,都从鸦片榻上,姨太太房里,由诉讼得来的——老实说:是剥削来的——钱堆中,惊醒过来。我们的龙二老爷,近数年来的钱与田是很多了,势力大了,姨太太已养了两胎女儿,只是寡妇嫂子因为和三妹妹吵了两次嘴,龙二老爷对于她也似乎不大亲密,她很悲哀的住在娘家,为了她后半世的生活流了很多的眼泪。不再到龙二老爷家里了。而龙二老爷的孙儿,孙女儿,已很多很多——三个孙儿,五个孙女恐真是所谓福人的家庭。但是,一旦革命党暴动起来,这是一个很可怕的消息,龙二老爷正在过着"快活"的生活,却受了革命的打击。他很恐慌,和儿子们在庭子里发牢骚,说了些"人心不古——江河日下"的话。其实举人所以恐惧,第一是因为读书二十几年而得来的举人,恐怕将成"废物",第二是因为十数年来挣的家产要"动摇",第三是因为恐怕没有人再去叫他"老爷"。然而发牢骚那是没有用的。还是刘四夸子的计划好,把头发卷在头上,也来表示是革命党，这个提议很有效力，龙二老爷，以及三个儿子都如此的做了。

龙二老爷虽然声势很大，而且有钱。人们都尊重他。但是，他的家财，势力，越大，人们表面上尤敬重，而心中却越恨，越讨厌，他的威风震荡了全村，全白蒲区，甚至于全如皋县也现了龙二老爷威风的火花，而老百姓们却是越穷，越悲哀。严格的来说：老百姓们实在不大高兴龙二老爷——因为他的剥削手段太利害了。

从前，谁也不敢讲龙二老爷的坏话，现在，革命了，要换天下了，也有些埋怨过度的老百姓，便怨天恨地的叫道：

"哼！什么老爷，要穷人的命，他妈的他就是骗寡妇弄发了财！"

"秀才不出门能知天上事"，这句话的确有点道理，骂举人老爷的话，不知谁传了过去，举人老爷知道了。虽然在革命的时候，老爷倒也不愿意小百姓侮辱了他的尊严，便派了刘四夸子把那个骂他的小百姓抓了来。那小百姓不是别人，便是种龙二老爷二亩田的马三瞎子。

马三瞎子坏去了一只眼睛，身体哆哆嗦嗦地跪在老爷家中的天井里，脸上流了眼泪。又因为正在十一月间，天气渐渐冷了起来，所以马三瞎子跪在地上，更其可怜。

"哑！还了得，你敢骂我吗？混账东西！"

龙二老爷的面孔气发了青，大概鸦片没抽得过瘾，两手都在发抖——劈……劈……老爷在马三瞎子的脸上打了两个耳光。

"不敢，老爷！"马三瞎子依然跪在地上，"这是仇人瞎说的我没有……"

"谁是仇人？他妈的！"

劈劈……又是两个耳光。

这时，龙二老爷全家的太太，少爷，少奶奶，小姐……都来了，都沉怒着面孔来看着打马三瞎子。

"要打！还了得，哑！"大少爷手里拿了一根竹杖，他说起话来有点口吃。

"打！"这大概是三少爷的声音。

于是，竹杖便很有力量的劈劈拍拍的演习它的效用，在马三瞎子的身上乱敲着。

"哦呀……老爷！不敢……你不能打死我呀……"

"打，就打死他！"

劈劈拍拍的竹杖打在肉体的声，呼号唤救声，叫打声，闹成一片，"真该打。"好像从太太少奶奶小姐堆中也发出这样的声音来。

马三瞎子真是给打得可以，血肉模糊的沾在竹杖上，衣服上……。"哦……呀……"在喘气而叹叫。现在他不冷了，他流出了血与汗。

马三瞎子给龙二老爷痛打了一顿，老爷好像还不甚得意，倒上吸烟，喘气，脸色发青，两手发抖。结果，马三瞎子用小车送了回去。——因为打伤了——田没得种了，而且不准收获田里已种的谷子。

七

"哈哈哈！寡妇嫂子！"穿了一身破衫子的赌徒，眯起了一双红眼睛，手里摸了一张牌，这样的嘲笑的说起来。

"他妈的！"坐在红眼儿对面的辑五，这样的回答。

"哈哈哈！"看赌人都笑起来。

辑五自卖田以后，一天天的穷困起来。赌，这是他的功课，不能不做，他愈穷愈赌。最初他是卖田，后来是卖房屋，最后是卖家具，当衣服……到现在他仅有的是身上一件破大袖子的马褂，头上的一个皮毡帽，以及他寡妇母亲所住的一座破茅屋。然而，他还是赌！从前他是和一班老爷赌，少爷赌，现在是和他从前所看不起的"下流人"在茶棚里赌。

辑五天生的一副面孔，就不大漂亮，现在穿了破烂而多油尘的衣服，加以因赌而失眠，肥大有病色的面孔，真有些讨厌。

"白花[1]！"坐在辑五上席瘦黄而矮的赌徒，摸了一张牌，想了很久，忽然向桌上一丢，这样叫着，表示这是孤注一掷的意思。

"哈哈哈：和了和了，"辑五摆下他手上的纸牌，"十八，六，加二十，四十四，四十四，八十八，……一百七十六！"

"诈和了？"看赌的一个老头子说。

"辑五化子得了。"坐在辑五下席的马大麻子说。

辑五穷了，人们叫他"化子"了。

"一百七十六？"红眼睛有些不高兴，在抓头发。

"马大麻子在这里吗？"他们正在算赌账，忽然有个人从茶棚外面匆促的走来。

"在这里，那一个？"马大麻子伸长了脖子，从人丛中看去。

"嘎！快点，快点！"从棚外来的那个汉子，急急的说，"你家马三瞎子给龙二老爷打坏了。"他说话时，吐出一阵酒气。

"打坏了？什么事？"马大麻子站了起来，现着惊疑的神色。

"打坏了，一句话也不能说，也不知是为什么事。"酒汉子答。

"他妈的，现在是县长已走了，警察也跑了，革命了，怕他干吗？他这样对待我们，打！"辑五化子推开了他的纸牌，一百七十六和不要了，拳头打在桌上。辑五他是想报仇了，因为他是记得他现在

---

[1]　白花：麻雀中称"白板"，纸牌中曰"白花"。

的穷是龙二老爷恣愿寡妇嫂子的结果。

他们不打牌了，赌徒，穷光蛋，都蠢动起来。

穷小百姓见了老爷便恐惧，奴隶的特性，也许是老中国人所特有的吧。但是，他们究竟不是冷血"动物"，他们是有灵魂有意识的"人"，他们有时也忍受极端的欺侮与压迫，马三瞎子的血，呻吟，烂了的肉……引起了他们——穷小百姓——的热情，勇气，他们个个都摇头，摩拳擦掌，红了眼睛，厉声的说道：

"他妈的，这还把穷人当人？"

穷小百姓显然地不高兴龙二老爷，他们要为马三瞎子报仇——为马三瞎子的血，呻吟，烂了的肉去报仇。他们知道：法律，是不能保障他们的，是欺负剥削他们的，是"老爷"的，所以，他们不是去诉讼，他们是去"打"！

"去，去，去，我们去，他妈的！"

在这样的唤声之中，便集合了几十人。这几十人都是失业的游民不能过活的农人，他们认清楚了他们的敌人。

几十人的小穷百姓，是由顾家埭，仇家桥，马家庄……集合来的。他们的手中，有的是锄头，有的是耙子，有的是钗……一直地向龙二老爷的府上走。

这是龙二老爷出乎意料之外的消息，很突然，他想到城里去，但是这样远，恐怕在岸上更要给小百姓抓了去。而且因为革命党起来了，和他同榻吸鸦片的县长也早已逃掉。龙二老爷踌躇而无方法，觉得躲在大老爷二老爷那里也有些靠不住，所以便叫仆人紧闭着前后门，躲在家里。

然而，穷小百姓们都来了，来了，远远地便听得锣响，炮竹声，咆哮声……非常的惊人。老实说：这是龙二老爷有生以来第一次的不得意，像伤了胆，大概鸦片瘾又到了吧？躲在预备死了而用的所谓"寿材"（未死而做了棺材曰寿材。）旁边。因为寿材是在东厢房，平素不大有人进来，阴沉沉地，老爷青了的面孔，像死人一样，全身在颤抖之中。

龙二老爷全家的少爷，太太，小姐，少奶奶……也都惊恐的像遇了鬼，面孔一个个都变了颜色——比看了打马三瞎子的时候成了正比例。

八

穷小百姓的群众，由锣声，爆竹声，咆哮声中送到了顾家埭。顾家埭全村的人都紧紧地闭上了"大门"，除了"大门"里的仆人，丫头，从门缝里看热闹而外，只有穷人家的"草屋门"是半开半闭的。这些穷人，胆大的都已跑在群众堆中，胆小的躲在房里，而他们的心中却有同样的快感。

穷小百姓的群众，已经到了"大门"。（龙二老爷的住宅，在我们顾家埭叫"大门"，因为他的大门是顾家埭第一等建筑物。）

"哦！打呀……打吃人的顾龙二呀……咣……咣咣……劈劈拍拍……"

是人声，锣声，炮竹声。

龙二老爷的大门早已紧闭了。

"大门闭了，我们走后门进去！"

这是群众中叫出来的声音，因为锣声很大，只有少数人能听得。这少数人，便依从了这声音的招呼。

"大门闭了，从后门进去！"

少数人一面叫一面向后门进去，有些人不知是什么一回事，也随了走。还有一部份的群众，他们在用锄头钉耙……咚咚咚……的打大门。

"打呀……打顾龙二呀……咣……咣……劈劈拍拍……"

已经有了几十人到了后门，然而，后门也是紧闭的。

"爬，爬，从墙上爬进去！"

群众中有一个人如此的提议。

"爬呀，爬呀……爬进去……"

这是群众的附和声。

"咣……咣……咣……劈劈……"

在锣声，炮竹声，人声，杂奏之中，已有了几个人爬进门去，而后门便开了。

"哦……打呀……打呀……"

进了一重门，增加了群众的兴奋。

后门的第二重门，仍然是紧闭着的。虽然有几个人用锄头，钉耙，用力在打门，结果并没有什么大效力。于是便有几个人爬上短墙，由短墙爬上了屋顶。

"哦……打呀……爬呀……"

群众非常兴奋，锣声暂时沉寂，大家都争先恐后的向屋顶爬去。屋上的瓦，多半是掷在地上。这时，又攻进了第二重门，群众便一拥而入。

"哦……打呀……抄家呀……咣……咣……咣……"

穷小百姓，在一定的限度之下，他们是和平，忠实，受欺侮，做奴隶，但是，他们一旦受了不能忍受的压迫，引起了他们反抗的本能——或是天性——便如潮水一样，来势汹汹，成了不可遏止了。他们是和平，忠实。然而，同时，他们也野蛮，强悍，暴厉！他们打进了第二重门——所谓是后厅，厅内原来是大太太和女儿们住的，现在却一个人也没有，门是开的。群众拥入厅内，锄头，钉耙，便在桌上，壁上，碗具，箱子上，床上，用功夫，正合我们顾家埭人的一句俗话，"抄家了！"

当然，这是群众盲目的暴动，无秩序，无纪律，毁坏器具，而免不了有"搜财的行为"。锣声简直是停止了。炮竹也不放了，群众只是去搜索他们所需要的东西。在后厅搜索破坏完了，便是"堂屋"，而"前厅"，而……一间间的向大门冲去。是搜索，是毁坏器具，并没有看见龙二老爷的家人。及到了前厅，便发现了仆人正把守侧室的二门，群众有几人便叫道：

"来，来，来，在这里！"

群众便向二门走来，同时锄头，钉耙，便咚咚的打在二门上。二门给打坏了，王二——龙二老爷的差役给群众抓住，王二便号叫跪在地上：

"呀……不……我是……仆人呀……"

"老爷到那去了？"群众问。

"老爷……我……不知道……"

"不知道，打……"锄头便打在王二的屁股上。

"哦呀……真不知道呀……"

侧室的二门内，完全是太太，少奶奶，小姐，仆人，丫头……个个都哭丧了鬼丑的脸，白粉在面孔上涂了图画，实在不漂亮。却没有看见一个"少爷"和龙二老爷。

"我们别要惹女人家……"

群众中有几个这样的提议。同时也有几个附和。

"是的，我们别要惹女人家！"

九

"喂！来，刘四夸子在这里……"

群众正在闹二门。忽然听了有人唤借势凌人的刘四夸子的名字很兴奋，都向东厢房走去，也没有人去考问王二了。

东厢房里是堆的没有装尸的棺材——所谓"寿材"——室内大概是少有人去的原因，阴沉沉地，便从棺材堆里拖出了刘四夸子，辫子给群众拉散了。今天的刘四夸子，他不夸了。平素他看了这些穷汉，眼睛里便放出骄傲，自矜，欺凌的光，瞧你等于一只小狗。现在不同了，青的面孔，散的辫发，眼睛是可怜的，恐怖的。全身好像从冰中拖了出来。战栗，而无活气。群众把他拖到天井里。——从前马三瞎子跪在那个地方，地上的血迹还在放着光亮。

"打！打死这个不要脸皮的狗……"马大麻子说。

"打！打死这个拿刀杀人的狗……"化子辑五说。

一声提议百声附和，藤鞭子也就在刘四夸子的身上舞蹈起来。

"哦呀……我的妈呀……救命哪……"

"他妈的，他唤妈呢！"一个这样说。

"刘四夸子你厉害的呢？今天认不认得老子。"红眼儿说。

"认得！请你们救救我吧，哦呀……"夸子哭着哀求。

"我问你，顾龙二那里去了？"辑五化子问。

"我……不知道……"夸子回答。

"哑！不知道，打！"

"打！打！打！"

锄头又在夸子的身上跳舞了。

"哦呀……我说，我说。"因为锄头打在肉上，锄头是胜利的，夸子不能忍受了，便如此说。"打"，也暂时停止。

"你说，快点说。"又一个说。

刘四夸子举了含泪乞怜的眼睛，很悲哀的看了看四周的人，都是些为他从前所看待如同小狗的穷光蛋，他怒恨，又失望，却没有说话。

"你不说吗？打，打！"

锄头举起来要打。

"不，我说，我说。"夸子的面孔真不夸，是可怜。

"躲在棺材里。"夸子的这句话是很低的，只有他四面的少数人能够听得。

"哦！在棺材里，在棺材里！"

群众便拥入东厢房去翻棺材，在一个大黑漆的金寿字棺材中，拖出了一个全身颤抖，脸色灰死，眼睛失去光芒，胡子好像也发硬的龙二老爷，群众叫道：

"哦！打呀！打呀！打这个吃人的王八老爷！"

"什么老爷？他妈的，龙二！"

"棺材龙二！"

"咣……咣……咣……劈拍劈拍……"

好久不敲了的锣响了起来。炮竹也发出声音，龙二老爷给群众拖到天井里，刘四夸子还躺在地上呻吟呢。

"他妈的什么老爷，'挖屁眼'。"

群众有一个人提议挖龙二老爷的屁眼。

"好的！好的！'挖屁眼'呀！挖老爷的老屁眼！"

<h1 style="text-align:center">十</h1>

群众正在热闹，挖龙二老爷的屁眼，龙二老爷在叫"哦呀……天哪……"的时候，有人叫道：

"哦！大老爷来了，大老爷来了，这才是老爷呢……"

所谓大老爷，是我们顾家埭的"贡生"，听说他还和薛福成到过外洋。他，在群众认为是一个善良的老爷，因为他在外做官，不大常来村里，而且他不敲穷人的竹杠，所以穷人便称他是个"好老爷"。

大老爷是很瘦弱，胡须很长的人，听说他的鸦片瘾比龙二老爷还大呢。他来到天井里，龙二老爷的屁股已经挖得出血了，大概鸦片瘾又来了吧，躺在地上喘气。不过大老爷到后，群众便也肃静了，锣声炮竹声都已停止，有秩序了，不"挖屁眼"了。而大声呼：

"这才是老爷，这才是老爷！"

龙二老爷由丫头们抬进房去，刘四也由王二等，抬进了烟榻。

大老爷第一句话就说道：

"大家要'客客气气'的……"大老爷沉着面孔，在抹着长胡子，显然也有些恐惧。

"老爷怎样说我们就怎样做。"群众回答。

"你们是为了马三瞎子的事来吗？"大老爷的声音很和气。

"是的，是的！……"

"现在是这样，……"

“老爷怎样说，怎么好。”

“马三瞎子被打伤了，闹也无用，现在这么着，由龙二老爷给五元的医药费，医好了便算了事，医不好由龙二老爷给二十亩田抵命……”

“龙二老爷这样大的家私，惹一条‘人命’，只二十亩田呀？”群众抗挣着说。

“要三十亩，要三十亩……”群众中又有人这样说。

“好……”大老爷拉长了喉咙，“依了你们，马三瞎子要是死了，给三十亩田抵命……”

“好的，好的……”群众很得意。

“医药费五元太少，要十元……”群众中又有一个人说。

“也好，十元，就十元。”大老爷真是好人。

于是，马三瞎子的哥哥马大麻子，在大老爷那里领了十元，群众得了胜利，打倒了老爷，很痛快的向着自己的茅屋走去，赌棚走去。期间，龙二老爷的三位儿子也流着眼泪从大老爷家中走回来。

一场大热闹便散了。

十一

革命已经好了，龙旗换了五色旗，皇帝改了大总统，辫子变了和尚……帝制改了共和。其他，至于其他倒还照旧。

龙二老爷病在床上，肿屁股已消了一半。在这革命的时候，龙二老爷恐怖得非常利害，到了现在，从儿子们所得来的消息。知道了革命也“不过是那么一回事”。现在，乱事已经平定，城里另放了一个县知事，听说也是个举人呢。白蒲区在革命的时代，警察都散了，现在革过命了，所以又穿了一套灰色军衣，在区里，街上，蠢动起来。龙二老爷看透了什么是革命，而且保护他生命财产的警察，又恢复了他们职务，龙二老爷就想一洗"挖屁眼"的羞耻，他叫儿子去调查，谁是"挖屁眼"的领袖，由儿子的报告说，一个是寡妇嫂子的叔叔辑五化子，一个是马三瞎子的哥哥马大麻子，两个都是穷光蛋，流氓……龙二老爷固然知道这是辑五化子的报仇，原想借着警察的势力，去捉拿这两个流氓，然而，马三瞎子死了。大老爷因为从前在群众之前宣布马三瞎子死了以三十亩田抵命，恐怕群众因为"三十亩田"再行暴动，所以劝龙二老爷只要群众不再暴动，切别要引起群众的暴动。龙二老爷因为当日的屁股，完全得力于大老爷，实在不好意思累大老爷，而且两个流氓都是穷光蛋——穷人没用，而穷人的伟大却就在"穷"上。龙二老爷也就不愿意与流氓行复仇主义了。

龙二老爷却不忘记刘四夸子，觉得夸子不说他躲在棺材里，也不至于给人"挖屁眼"，所以结毒了倒霉的夸子，可是据佃户说："夸子给打得可以，快要死了。"夸子要死，龙二老爷倒也不好和他去算账，于是，"挖屁眼"的故事，龙二老爷也和消肿一样，一天天由愠然而释然了。

只是，龙二老爷家中的损失，那是很大！郑板桥的字，黄鹤山樵的画，是龙二老爷最心爱的，现在，却完全损破了。此外，茶杯，古罐，价值二百元的香炉，以及其他太太所心爱的古董，衣服，装饰。据说共有二千元的损失，无怪老太太哭坏了眼睛，龙二老爷颓然而叹息。

龙二老爷的屁股完全好了，只是行路难，有些不自然，说得的确一点，是小跛了。至于马三瞎子那是死了。不过，马大麻子，化子辑五，以及其他曾参加暴动运动的穷小百姓，并没有实行大老爷所允许的三十亩田的抵命要求。因为，据说：自暴动以后，马大麻子，辑五化子，发了一笔大财，到江南去了。穷小百姓失去了他们的领袖，所以他们不敢蠢动了。

十二

自如皋县，白蒲区也挂了五色国旗以后，龙二老爷又活动起来。只是，那大概是受了挖屁眼的教训，新到任的县长大人，虽然也是举人，可是龙二老爷只去了一次。龙二老爷不独不大进县城去见县长大人，就是乡村之间也不大走动，顾家垛，仇家桥，自后也不常看见龙二老爷的轿子。龙二老爷自后也不代人诉讼了，也不对于小百姓沉怒面孔，拍桌子……拿小百姓的"谢仪"了。老实说：我们的龙二老爷由"挖屁眼"而后，便很善良，和平，成了"公正的绅士"。他偶然抬起头来，看见前庄的树上，一面五色国旗在风中飘荡——那大概是小孩子们弄了玩的吧？龙二老爷不觉有些惘然，觉得五色旗实在没有龙旗那样威风，好看，便叹声说道：

"唉！人心不古！江河日下，……"

此外，龙二老爷倒也不一定反革命。

至所谓龙二老爷在革命之后的活动，乃是一个洋秀才的故事。龙二老爷听说"民国"废科举，提倡洋秀才，洋举人。南通张状元在南通城里也办了一个洋学堂，里面还有两个东洋鬼子在任教授，据说从这个洋学堂毕业出来，有秀才一样的资格呢。龙二老爷原来很不高兴洋学堂，只是"洋秀才"三个字，而且是张状元办的，所以动了他的心！他自己便逍遥终日，以乐余年，以大儿子掌理家政，以二儿子三儿子进洋学堂去考洋秀才，龙二老爷觉得这个计划很得意。

龙二老爷的二少爷三少爷预备到洋学堂去考洋秀才，便剪去了辫子，因为剪辫子，大太太大哭了一场。（龙二老爷与大少爷的辫子没有剪，是梳在头顶上。）听说二少奶奶三少奶奶也流了不少的眼泪呢。

王二送二少三少进城回来，太太，少奶奶，小姐……都跑到厨房来，问王二洋学堂是什么样子。

"哦！好看哪，"王二笑嬉嬉的说，"有洋房子，有楼，洋鬼子，没辫子，哦，还唱歌呢……哈哈哈！"

太太们正听得得意，王二笑嬉嬉的抓下了小呢帽，现了一个光头。

"你的辫子呢？"大少奶奶很惊奇的问。

"剪了，哦呀！城里都是没辫子的，好看。"

太太们，奶奶们，小姐们都笑了。

这时老爷一跛跛的走来，也很得意，他说道：

"洋学堂倒也不错，可以得洋秀才！"

十三

近几年来，龙二老爷真是个善良的绅士，他很怕事，绝对没有做"讼棍"。除却了偶然遇了一点感想，便叹一声"人心不古，江河日下……"以外，他并没有其他的奢望。只是对于佃户，一天天苛刻起来。佃户少一元租钱，一斗租粮，那是不成的。佃户假使反抗，便不给田佃户种。在暴动期间的一些小百姓，也有是龙二老爷的佃户，可是给龙二老爷调查清楚以后，便都没有田种了。穷小百姓因为无地可耕，有的忽然失踪，有的向工厂去，有的做了乞儿与流氓……。龙二老爷的佃户认识了老爷剥削的手段换了方式，而且有前例，所以只有默认。忍耐一切的苦痛。因此，近年来龙二老爷虽然不做讼棍，而他的田，是依然一年年的多起来，他的钱，依然是一天天的多起来。

此外，龙二老爷的胡子更长了，鸦片抽得比坐轿进城的时候大了两倍，和多了两个孙子，三个孙女儿。王二还是个小杂役，却少了一个跑差刘四夸子——夸子是死了——以及死去了一个私通的寡妇嫂子——据说是气死了的。然而这，好像与龙二老爷并无关系，龙二老爷也没有把这件事放在心上。

还有件事，是龙二老爷年来所希冀的成绩，就是二少三少——两个洋秀才——从洋学堂毕了业，两张有花纹的毕业证，很宝贝——如同郑板桥的字证一样宝贝——的贴在壁上。因了洋秀才从洋学堂毕了业，龙二老爷便想在顾家埭造一个洋学堂。

"造学堂也很名誉的呀！听说还有奖赏呢。"

龙二老爷的岳丈杜二老板——说起来很好笑，岳丈的年纪没有女婿的年纪大——不知他从那里探来关于洋学堂的消息，扁了女儿的一张大嘴，面孔上现了多量的皱纹，和龙二老爷畅谈起来。至于杜二老板的大女儿因与龙二老爷的关系而气死，杜二老板并不悲伤，因为他得了三十亩田呢。

"嘎！哈！哈！哈！"龙二老爷又得意起来。

"造了学堂，二少三少便在学堂教书，一年有四五百元进款呢。"

"二少也这样说呢，"龙二老爷抹了抹胡髭，"——四五百元不是又可买十几亩田吗？哈哈哈！"

龙二老爷决计造学堂，以便儿子的任教挣钱。龙二老爷虽然是一个有钱有田的发财老爷，然对于钱非常悭吝。他除却了抽鸦片打麻雀而外，绝对不用一钱。近来因为"挖屁眼"教训而后，便不用诉讼法去挣钱，他是由租田租钱的方法上去挣钱。但这样的挣钱法，固然也是一种"敲诈"，不过比较"讼棍"时代，相差多了。因了这，龙二老爷近来更尊贵钱，就是"麻雀"也不大来了呢。现在，要造学堂，却不得不用一笔"钱"，这钱，也非五百元不可。龙二老爷固然知道造了学堂以后，每年可挣五百元，现在要自己先化五百元又觉有点心痛。

"父亲，学堂是要造的呀！"二少爷的红顶小帽戴在前额上，说话时不住地左右摆动。

"唔？"龙二老爷没有回话，旱烟杆子含在口里，右手在抹着胡髭。

"父亲看怎样呢？"

"唔？"龙二老爷又是"唔"。

"我有个法子，"三少领会了父亲不愿意化钱，便露出得意的情调，"募捐。"

"嗳！对了——募捐！"二少也得意的拍着两手。

"唔？"龙二老爷好像还没有领悟，至于"唔"，这是他没有主意解决一个难题的时候所发出来的"？"符号。

"父亲，募捐是对的呀！"二少爷又怂恿了一句。左右摆了一摆身体。

可是龙二老爷只是摇头，说了一句：

"这可是也不成吧？"便在室内走着方步，徘徊起来。

"造学堂，募捐，"三少又说道，"上头有这个例子。"

"有这个例子吗？"龙二老爷停止了他的方步，低声而惊奇的说着，两只眼睛透出了眼镜儿的外框。

"有这个例子，"二少白翻着眼睛，"城里祝家的学堂就是募捐的。"

"哦！这很好呀！只要有例子就募捐呀！"老爷得意的说。

"有例子，有例子……"三少说。

龙二老爷决定了——募捐，募捐造学堂。

十四

"顾家埭要造洋学堂了。"

这个消息，在十天之内，就传布了全村，全白蒲区……。

募捐造洋学堂，是我们顾家埭的大老爷，二老爷，龙二老爷，三个老爷主办的。因为主办的是三个老爷，所以募捐的成绩很不错，在将近半个月之内，募了一千二百几十元。

于是顾家埭造了五间瓦屋平房的洋学堂了。

杜二老板的话，果然不错，在顾家埭的洋学堂造好以后，县长大人果然送了一块"热心教育"的金字匾额，上面是大老爷，二老爷，龙二老爷的三个名字。龙二老爷看了学堂里挂的这一块县长大人的奖状，不禁哈哈大笑起来。听说，造这座洋学堂，三位老爷还都揩了二百元的油呢。三位老爷因为要留一个创办这学堂的纪念给后人起见，觉得"热心教育"的金字招牌犹不足，所以就照了一张像片，挂在洋学堂的礼堂上，与孔子招牌并驾齐驱——因为当时的学堂是以孔二先生为至圣大成的——要是我们仰起头来一看，立在像片右边的一个白长胡髭，堆了一脸的笑容，右手提了一枝旱烟杖的，便是我们的龙二老爷。

洋学堂开学了，龙二老爷的二少是"堂长"，三少是"教员"。

洋学堂一共有四十多个学生，有二十多个是姓顾的，都是老爷少爷——一句话，都是"大门堂"里的小少爷和小姐们。此外，是龙二老爷佃户的儿子们——也有几个是大老爷，二老爷佃户的儿子们。至于其他的孩子也有，那是很少的。原来，学堂造成之后，龙二老爷对于佃户下了一个口传通令，"凡是农家子弟都要来上学堂，上学堂是不要钱的。"

穷人因为没有钱所以很困苦，而穷人所爱也就是钱，或者穷人爱钱的程度比老爷爱钱的程度还要过度一点，穷人听到老爷的吩咐，"上学堂不要钱"非常惊奇，宣传一时，大家的猜疑都以为龙二老爷吃了"挖屁眼"的苦，现在是"修心道人"了。于是穷人都说道：

"龙二老爷真好，上老爷的学堂读书不要钱。"

因为学堂是三个老爷募捐筹办的，所以穷人都叫"老爷的学堂"，不叫洋学堂了。

但是，有些穷人都说，"不要钱的老爷学堂不能去，去了将来要当兵。"

穷人虽然穷得可怜，却也宝贵生命，怕自己的儿子去当兵。因了这，穷人的儿子便不敢进"老爷的学堂"。只有老爷的佃户们，逼于老爷的威势，距离学堂不远，才来进老爷学堂。

"老爷学堂"真热闹，还唱歌，学兵操呢……所以穷人们有空的时候，也笑嬉嬉地站在学堂洋玻璃窗子外面来看热闹。

到"老爷学堂"来看热闹的穷人，便时常能够看见有白长胡髭拖了一枝旱烟杖的龙二老爷。据说，近来的龙二老爷，除了在"大门"里抽鸦片睡姨太太而外的时间，都消磨在"老爷学堂"里。龙二老爷在洋学堂里是很得意，一天到晚是笑嬉嬉！有时，他跑到礼堂上，抬头看了那县长大人送来的金字匾额，和那幅像片，便笑得一张大嘴合不拢来，而点头与摇摆身体。有时，龙二老爷也跑到教堂，衣服褴褛面孔涂得灰尘与黑墨的佃户儿子们，便都站了起来，涨紫了脸，高声叫着：

"老爷！老爷！"

老爷并不点头，或是答应一声"嗯"却走到儿孙们所坐的桌子前面去了。

一天的下午，龙二老爷又拖了一枝长烟杖。到老爷学堂来了。顾玉声——是一个小学生，他唤着龙二老爷的女儿：

"喂！喂！顾光斗。"

顾光斗是龙二老爷第四个女儿，她听了有人叫她，便转过头去。一转头，伊看见素来很顽皮的顾玉声，做了鬼脸儿，用左手在摸屁股。

"猪货，你干吗？"顾光斗红了面孔，怒了。

"挖屁眼！"顾玉声很快活，全堂的小学生也都笑了。

这一来，顾小姐哭了。因为知道顾玉声在宣传伊父亲的羞耻故事。龙二老爷走了过来，问：

"什么事？"

"顾玉声……"

"顾玉声怎么样？"

"他……摸屁股……"

全堂的学生，听了不敢大声的笑，却嗤嗤地在房子里笑。

"笑什么？"龙二老爷面孔也红了，"谁叫顾玉声？"

"是他——"龙二老爷的另一个孙儿指着一个破衣服摸屁股的孩子。

顾玉声给二少拖了去打了三十板子，不准他再来读书——这叫开除。

顾小姐得了胜利，自后，老爷学堂里的孩子便不敢摸屁股了，同时，龙二老爷也就有三天没到"老爷学堂"里来。

十五

龙二老爷近来感着很寂寞，只是抽鸦片，往"老爷学堂"跑，也渐渐觉得乏了味。打牌呢？近来的眼睛又不大好，有些眯眄，说不定几块大洋要给猪猡赢了去。因了这，龙二老爷苦闷的很。在一天夜间，龙二老爷困在姨太太的手臂上，忽然想了一个好法子——种田。岳丈杜二老板不是由种田而开了"油坊"吗？陈仲清不也是种田发了财吗？……佃户种五亩租田的便很可以过活了，现在我种，哎……一百亩，那一定比较受租银租粮"出息"更大了！唉，种田，种田……

第二天，龙二老爷睡到下午一点钟，才从姨太太怀里爬了起来。他倒在烟榻上抽了两泡鸦片。岳丈大人杜二老板来了。

"哦……请坐，请坐……"龙二老爷从烟榻上爬起来，他并没叫一声"岳父"——他素来没有叫岳父——忙说道，"我正要去找你呢！"

"什么事……"杜二老板不慌不忙地走了进来。

"种田——我要种田。"龙二老爷抽了两泡鸦片，声音大起来了。

"种田？"杜二老板在龙二老爷对面坐下。

"是的，种田，我要种田，"龙二老爷抹了抹胡子，"我想种

198

田比收租好呀！"

"种田好是很好，"杜二老板吸了一口旱烟，"不过你家里没有人种呀！"

"我想雇没有田种的人来种。"

"那也麻烦——"杜二老板不慌不忙的说，"最好是三七分。"

"什么是三七分？"龙二老爷很注意的问。

"三七分是这样，"杜二老板拿着旱烟杆子的手做着姿势，"例如种一亩田，田是你的肥料，种的种子都是你的，他去工作吃自己的饭，收谷子的时候，如果收一斗，你七升，工作的人是三升，这叫三七分。"

"哦！三七分，三七分，"龙二老爷很得意，"明白了，这很好呀！"

"嗳！只有这么着——很好。"

"好，好，好，我今年就拿四百亩租田，来三七分。"

"好的，我帮你找农民来代你种——三七分是有人种的。"

"哈！哈！哈！很好，很好！"

自后，龙二老爷的日常生活，除却了睡姨太太，抽鸦片，计算租田租钱，到学堂里看"热心教育"的匾额和照片以外，又多了一件事——不是打牌，便是看田禾，找半雇农，监督半雇农做工……。

龙二老爷对半雇农很苛刻，他限定每人每天要锄几亩田的草，每人每天要施若干的肥料，每人每天要收若干的谷子……。天不下雨，或是水量太多，田禾现了病态，龙二老爷不说这是天气关系，他是说半雇农不努力，要扣半雇农应得的谷子之三分之一——这是叫做"罚"。

半雇农受了劳苦的疲困不算，而汗血换来的应得的十分之三的谷子，又扣去了三分之一，换句话说，只得十分之二。这些半雇农都是穷汉，穷汉才来做半雇农的，所以从前就有很多是欠龙二老爷的租钱的，到现在，在欠租钱的半雇农应得的十分之二的谷子，又要扣二分之一还欠租，多半的半雇农只能得十分之一的谷子去养活家庭老婆儿女……。这，当然是不够的！可是，半雇农都是极穷困的人，不去做半雇农做什么呢？他们记得从前暴动的农民，由龙二老爷拿回了租田，便有去讨饭的，不知下落的，当兵的，做工的……做工的比种田还要苦，现在也多被开除了……现在虽然做半雇农不能过活。究竟比失业好得多……。

受龙二老爷剥削的半雇农，他们这样的想了以后，他们只有忍耐，受老爷的剥削，做龙二老爷的奴隶，挣钱的机器！……不敢反抗，过着穷苦的生活。他们预计着儿子，孙子……将来是世世代代做龙二老爷世世代代的奴隶，挣钱的机器！

在秋收以后，龙二老爷乒乒乓乓的用算盘算了一算他今年的收入，他不禁哈哈大笑起来，说道：

"种田好！种田好！种田比租田给人家多三倍利钱。"

十六

"唉！人心不古，江河日下，世道日非，呕……"

时光一天天的过去，龙二老爷的胡子又白长得多了。面孔上的皱纹一天天的增加起来，烟色更其深沉。龙二老爷眼光中的世界也与穿龙袍，飘龙旗时代大不相同。在民国初年，他的儿子做了洋学堂的堂长，革命与他并无损害，他之于革命倒也发生了感情。但近来因为他的二少三少不能在洋学堂做堂长教员了，堂长教员都换了非白蒲区的人。他跑到学堂去走了一遍，虽然金字匾额与相片还高高的挂在礼堂上，而他的儿子，不能再在这自己费了苦心而造成的洋学堂挣钱，所以要"唉……呕！"了！

据说：龙二老爷的二少三少，都是讲习师范毕业，现在要完全师范毕业才能做堂长教员呢。龙二老爷听了这话，便举起两只眯眬的眼瞧在天空，又叹了一声：

"民国真不对，就是我举人老爷也没有用了！"

龙二老爷因为"人心不古……"所以气得很，在他家当差多年的王二，现在也给老爷打了两个耳光，撤了差。龙二老爷所种的"三七分"的田，却是增加多了，由一百亩至百五十亩，由百五十亩至二百亩了。而子子孙孙要做龙二老爷子子孙孙的奴隶，挣钱机器的半雇农也就多了。王二自撤差以后，便也去做了半雇农。

现在做龙二老爷的半雇农，此较以前更为可怜。从前只有老爷与大少来监督，现在又多了二个洋秀才——二少三少。

半雇农们也要以眼睛望着了天：

"唉……呕……"的叹气了。

十七

龙二老爷眼光中的今日世界，不独是"江河日下，世道日非……"，简直变得奇怪！从前的鸡蛋只卖三十文钱一个，现在要六十文一个。从前的田只要十元二十元可以买一亩，现在要八十元一百元……。从前也没有什么捐的，现在也什么要捐……。什么公债，库捐，军饷……每年也要化去一千两千元……。

龙二老爷对于今日的世界很怀疑，不满意。

还有一件最足以使龙二老爷不满意的事件，就是现在又要革命！听说又来了什么革命军打到江西又要来打江苏了。

宣统三年的革命使龙二老爷大吃一惊，后来知道革命也不过是这么一回事，所以由愠然而释然。现在的革命龙二老爷却只是愠然而不释然，因为他听得奉鲁军的宣传，现在的革命是共产共妻的！这不由得使龙二老爷三天三夜没有睡觉，他觉得这回的革命与辫子变和尚，龙旗变国旗，秀才变洋秀才……有些不同。最讨厌的是共产又共妻。很漂亮三十多岁的姨太太要给人家共了去，很漂亮的媳妇要给人家共了去，很漂亮的女儿要给人家共了去，苦了几十年所挣来的钱，所挣来的田，要给人家共了去，一进九堂的瓦屋也要给人家共了去……说不定十六岁的孙儿女们也要给人家共了去，自己的老命要给人家共了去……龙二老爷想到这里，他觉得这不独是"人心不古……"，而且是"岂有此理，他妈的"！龙二老爷的胡髭竖起来了。

十八

龙二老爷眯睐了眼睛，皱着眉头看《申报》，他知道了革命军已到了上海。龙二老爷正是在那里骂"岂有此理，他妈的"，他的三少爷堆了一面孔的笑容，因为三少是矮胖子，笑起来像"海乙己"。

"嘎！父呀！"矮胖子三少爷说，"前庄顾挚先生接了他儿子一封信，现在在革命军参谋部里。"

"哦……那个顾挚先生？"龙二老爷仰起头来去幽思。

"那个，说失踪了的那顾玉声呵！"三少爷又说了一句。

"哦！知道了，知道了，"龙二老爷听了顾玉声三个字，忽然一个活泼的顽皮十五六岁的孩子——在学堂读书而开除的摸屁股的孩子——忽然浮上了脑海，"原来就是他呀？很顽皮的！"

"是他，做官了！"

"唔……"龙二老爷在室内徘徊起来。

过了一会儿，龙二老爷忽然变了面孔，停止了脚步，右手抹着胡髭：

"不得了的，不得了的，要抄家杀头的呀！"

"为什么？"三少爷吃了一惊，转动了两只大的眼睛。

"哦呀！我们现在还在奉军势力之下啦，顾挚先生的儿子私通革命军，这是要杀头抄家的呀！"

"喉……"三少爷怔了一怔。

顾家埭的消息那是非常灵通，龙二老爷和三儿子的议论，在半天之内便和顾挚先生的儿子做了官的消息一样迅速地传遍了顾家埭，仇家桥，冒家庄，白蒲区……

知道顾挚先生儿子做了官的人们，最初是欣然，现在却恐惶万状，都说："不得了，不得了，龙二老爷说的，私通革命军要杀头抄家……"

顾挚先生得了儿子从××司令部寄来的信，非常快活，现在，听说要"杀头抄家"心头便跳跃很利害，忙跑到龙二老爷的"大门"里，跪在地上，哀求龙二老爷的援助。

龙二老爷只是摇头，右手抹胡髭，左手拖了旱烟杖，说：

"这是大事，这是大事，我没有办法。"

顾挚先生是个有名的悭吝人，他的儿子所以流落到异乡去，是因为他不给钱儿子读书。他听见了因为儿子要"抄家杀头"，他更痛恨儿子，跪在地上叫道：

"唉！这小狗儿不是东西！"

"现在只有这么着，"龙二老爷斜睨了他的白毛眉头，"不承认你有这个儿子，我们也说，我们姓顾的没有这一个人。"

"对的，对的，二叔的话不错。"顾挚先生从地上立起来了。

顾家埭的空气由紧张而变了颜色，顾挚先生便在人们前面宣传"我没有这个儿子"，姓顾的便宣传"我们姓顾的没有这一个人"。人们并且说道：

"龙二老爷究竟是举人，肚子好，想的法儿真不错！"

十九

由上海所传来关于革命的消息，革命军是很好的，不拉夫，不筹饷，不共产也不共妻，龙二老爷听了这，恐怖减去了一半，"这回的革命也不过是五色旗改为青天白日旗，女子也剪头发吧？"

龙二老爷如此的想：——因为他在《申报》上看见剪了头发的女子广告画。

龙二老爷得了革命军很好的消息，他又不反革命了。他想：不共产，不共妻，不筹饷，革命军真好，"要是革命军过了江也就用青天白日的旗挂起来，要女人剪发，也叫太太，女儿，孙女儿……剪去了头发——太太剪了头发大概不好看吧？"

龙二老爷正在想着怎样去革命，顾挚先生又跑来了。

"不得了，不得了——二叔，"顾挚先生面色白得很，"小东西又写了一封信来。"

"又来了一封信吗？"龙二老爷照例用着右手去抹胡髭。

"又来了……"

"——这也不要紧呢？"龙二老爷迟疑的说，"革命军也快要来了，只要奉军查不到，你的儿子做了官，也很好呀……"

"不是，信查到了……"

"哑！查到了吗？"

"据邮局里的郑进之说：查到了……"

"唔？……"

"郑进之已来了，他要我想办法，所以我来和二叔商量的……"

"唔！是一件大事……"

"郑进之说，给钱都好办……"

"这个事我不管，郑进之或许是敲竹杠，故意和你为难，你……在你，你给他一点钱吧。"

郑进之是白蒲区的一个小讼棍，而野心很大，顾挚先生并没有看见儿子的信，却给了他八十元钱，才算了事。——还是看龙二老爷的情面呢！因为龙二老爷说：

"革命军快要过江了，现在和顾挚先生过于为难，将来小东西来了，他是革命军官，那是不得了的。"

这个声音很低，只有郑进之一个人听到。

二十

奉军已经向徐州退去，革命军过了江由南通而如皋向泰州，……向海宁追过去。如皋白蒲区的人们，都向马路上走，去看革命军，同时是看同乡的革命老爷——顾挚先生的儿子，现在他们不说要"杀头抄家"，也不说"那个家伙"，"小东西"了，是说"革命老爷"。

因了顾挚先生的儿子，龙二老爷今天起身得特别早，打破了素来的老例，上午九点钟就起来了，他笑嬉嬉地时常用手去抹他的胡髭，旱烟杖在右手前后摆荡，一跛一跛地走到顾挚先生家里去了。

"你用青天白日旗挂起来呀！你的儿子要回来啦！"龙二老爷第一句话便是和顾挚先生如此的说。

"哦！二叔，二叔，"顾挚先生笑嬉嬉地，"请进来坐，说不定玉声要回来了，我正在扫地呢……"

"哈！哈！哈！真是天晓得，你有这大的福气，听说是很大的官呢……"

"我今天还要到马路上去看他呢……"

"嗳，是的，是的，我家大少三少也去了，他们顺便还到街下去做青天白日旗呢。"

"……"

"哈！哈！哈！"龙二老爷又抹他的胡髭，"我们顾家埭姓顾的真了不得，从前大老爹（龙二老爷称大老爷只是大老爹）在外面做了那样大的官，出过洋，现在又有人在外面做官，哈！哈！哈！真了不得！"

龙二老爷原来也想到马路上去看"革命老爷"，只以自己年纪太大了，而且有点跛，不便行走，而且自己是一个很伟大的老爷……所以没有去。

龙二老爷走回家去，很快活，面孔上堆了笑容，所有皱纹的地方都表现出来。他想：真了不得，真了不得，顾家埭又有姓顾的在外做官，这个姓顾的小子，比自己小两世，应当叫自己是祖父，做官的小子是自己的孙儿，孙儿做了官，了不得了不得……！

这一次革命革出好处来了，革出官来了，所以龙二老爷很革命了，他不像从前革命军正攻克江西的时候那样讨厌革命军了！

二十一

虽然是四月的天气，在太阳的光辉之下，拥于马路上的群人之中，身上的汗也不禁下流。去看"革命老爷"的群众，那是很热心的。他们看了背包的，骑马的，坐汽车的，挑东西的，灰布衣服褴褛而龌龊的，黄色军衣而有皮裹腿的……革命军，一队队的走了过去，从上午走到中午，从中午走到下午……过去得很多很多，可是并没有顾家埭姓顾的"革命老爷"。革命军真好，不独不共产，不共妻，而且很和气，不野蛮，还有人在讲演不筹饷不拉夫呢！龙二老爷的大少爷，倒也高兴，只是没见顾玉声，等得不耐烦了，他小帽戴在前额上，鼓了勇气，和一个穿黄军服的革命军说道：

"喂！请问你，革命军参谋部有个姓顾的吗——叫做顾玉声的？"

"我们革命军里只有参谋处，没有参谋部。"那个革命军——也许是革命老爷吧——很看他不起的这样说。

"哦！是的，我说错了，"大少又口吃着说，"参谋处有姓顾的吗？"

"我们第七军的参谋处没有姓顾的，我就是参谋处的陈参谋。"

大少还想和他再谈话，陈参谋已经走了。

下午三时了，斜阳已经上了西天，群众很失望，他们没有看见同乡的"革命老爷"。群众也只好说道：

"唉！回去呵！没有呀……"

群众于是抹了抹头额上的汗，无精打采的渐渐散去。

顾家埭的大少爷三少爷手上拿了两根纸做的青天白日旗，走回家去，刚到"大门"外，龙二老爷便笑嬉嬉一跛跛地走了出来，第一句话便说道：

"看见了吗？"

"没有呵！我还问过革命军里陈参谋的……"大少很不高兴，显然与到马路去时成了反比例。

"哦？……"龙二老爷呆了。"我也说，那样顽皮的孩子有官做？"龙二老爷的话又变了。

"人造谣的呀……"三少爷将旗杆子打在地上，表示上了当。

龙二老爷正在抹胡须，顾挚先生来了，龙二老爷看了他，没有上午那样欢迎，现在的面孔深沉了。

"没有看见呢！"顾挚先生这样的说，显然很失望。

"嘿！"大少"嘿"了一声，和三少进去了。

"是造谣的噜！"龙二老爷很失望的叫了一声，没有注意顾挚先生面孔变了颜色没有，也进去了。

二十二

自革命军过江后，顾家埭热闹起来了，青天白日旗挂在树上，门前，小孩子手上也有了。这次革命，龙二老爷又很得意了！真是如他们想的"那么一回事"——五色旗换了青天白日旗，县长大人又换了一个，此外并没有什么变动。在龙二老爷的眼光之中，这次的革命倒比宣统三年的革命好，这就是革命军的不筹饷了！至于革命军的不拉夫在龙二老爷倒也没有注意，因为就是拉夫也只拉穷小百姓，不拉"老爷"。

"不筹饷真是革命军！"龙二老爷一面抽鸦片，一面如此的想着。

"父呀！"龙二老爷的三少张开了一张大嘴，"顾挚先生的儿子又来了一封信，不在南京，在汉口。"

"哦？"龙二老爷支起了半个身体。

"汉口是共产党呀！"

"唉……是的，共产党，不得了的呀！也要杀头抄家呀！"

"那个东西的确不是东西！"

"顾玉声是共产党"，这个消息又在很短的时间之内传布了全村。顾家埭的空气严重起来，而顾挚先生又深沉了面孔说：

"我没有这个儿子。"

龙二老爷以及其他姓顾的人们也都说道：

"我们姓顾的没有这一个人。"

二十三

龙二老爷正在打小牌，白蒲区的郑进之和一位军官老爷来了。

龙二老爷知道这是非寻常的事，以为是汉口那个共产党的事件了，很惊惶，他请郑进之走到后厅，低声的问道：

"有什么事吗？"

"哈！哈！没有什么事，"郑进之耸了耸肩，"同来的那位是革命第 × 军第 × 师的副官，第 × 师因为给养困难，要问白蒲区借二万元，我想，革命军是很光明的，想大哥一定可以帮助一点。"

"革命不是不筹饷的吗？"龙二老爷的眼睛大了。

"这不是筹饷，这是借，将来要还的……"

"……"龙二老爷呆然了，"要我出多少呢？"

"那要问副官了！哈哈哈！"

"我们都是同乡，总要……"

"那自然，这全不是我的意思，是……"

"陈副官的意思要我出多少呢？"

"不多，顾家埭三个老爷每人一千元。"

"一千？"

"是的。"

"太多了，太多了。"

"那末，你同副官去讲吧。"郑进之脸上现着狞笑，摇了一摇头。

龙二老爷受了意外的打击，他对于革命的热情忽然由一百二十度降到零度，心头在咒骂"革命岂有此理"了。而且，当他在宣统年前，郑进之怕他如同小羊见了野狼，现在这小讼棍简直敢大了胆量来和他开心了，这，龙二老爷的面孔气变了颜色。

副官也不是好说话的人，他凭了师部的一张方图章的纸头，只是含着恶意笑着说：

"顾先生——（他不叫龙二老爷）要是不愿意，那不要紧，我去禀告师长就是了。"

这是革命的时代，"举人"很久就失去时间性的效力，龙二老爷听了"师长"两个字，就不敢违拗，只好承认"我出六百元"了。

龙二老爷出了六百元的军饷，很悔伤，悔伤的结果，便想到了增租粮，每亩田增租半元，则每年的收入便可增七百余元，半雇农的田，由三七分改二八分，则每年的收入又增五百余元……龙二老爷便如此的计算而如此实行起来。

二十四

近来，如皋县城里发现了一个穿洋装的青年，据识者传说，这就是顾挚先生的儿子，由汉口回来的共产党顾玉声。在顾家埭得了这个消息的明天，顾挚先生便得了这样的一封来信：

父亲：

　　我已由武汉回乡，现住如皋城内登瀛旅舍。缺钱，请派人送来洋四五元，儿即回家视亲也。谨请福安。

儿玉声谨禀

顾挚先生得了这封来信，踌躇得很久，结果仍然去请龙二老爷指教。

"二叔，杀头的回来了。"顾挚先生一面说一面将那封信给了龙二老爷。

"真回来了么？"龙二老爷很惊讶。拿过那信来看着。

"回来了，住在旅馆里。"

"你不能送钱呀！"龙二老爷看完了那封信，"共产党，这还了得！最好去报官，不承认你有这个儿子。"

顾挚先生正在踌躇，二少爷很慌忙的走了来。

"顾挚先生，快回去，快回去，警察到你家里去了。"

"唔？有这事吗？"龙二老爷的面孔转了灰色。

"来……来了吗？"顾挚先生也吓呆了。

"来了，来了，有人说，你躲在我家里，你快回去……"二少爷很惶恐的说，一面用手去拖顾挚先生的衣服。

"快出去，快出去，"龙二老爷听了二少的话，灰色的脸更难看了，"大祸别要惹到我家来。"

"可是，这怎么办呢？"顾挚先生移动了脚步，却没有向门外跑。

"回去，回去，"龙二老爷说，"只有直说，告诉警察你儿子所在的地方，不承认你有这个儿子。"

顾挚先生走出了龙二老爷的大门，便遇到了警察——一个胖子，一个麻子。

"你的少爷呢？哈哈！"胖子警察说。

"我没有这个儿子……"

"那里？没有这个儿子，他会写信给你？"麻子警察说。

"我……他……他住在如皋登瀛旅馆，你们捉……他去……，我没有这个儿子……"

顾挚先生走到家里，家里坐了八个警察，才知道是南京检查了有他儿子的信件，派人来拘捕的。顾挚先生用去了十六元钱，胖子警察才说道：

"总之：顾玉声是你的儿子，这是你不能否认的，不过，现在这样说，我们进城捉了他，与你就无关系了。要是捉不到，你还是要负责的……"

"对，这话对……"在旁边看热闹的人这样回答。

"嗳！是吧？"胖子警察又这样的拉长了喉咙。

警察走了，进城去了。

第二天，就听说顾玉声捉到了，并且押到南京去了。

"要杀头的，这一定是要杀头的！"龙二老爷这样的说。

"唉！还了得？到我们家乡来共产共妻……呵！杀头真是痛快……"龙二老爷又如此的想。

二十五

龙二老爷虽然因捐了六百元军饷，而咒骂革命军至四五天之久。但因为革命军是真不共产，真不共妻，他不反革命了。而且他的儿子——这个儿子都加入了党，洋学堂的礼堂做了白蒲区党部第四分部，二少三少都是常务委员。

自儿子不任职于学堂，龙二老爷便不大到学堂来。现在因为儿子在党部任职，便欣然而往。学堂门外挂的旗帜在风中飘荡，男男女女的青年——少爷们——在党部走来走去。龙二老爷的眼界为之一新。

龙二老爷走进了礼堂，他的三少正在写"拥护国民党""各阶级联合起来""打倒共产党"等口号，龙二老爷觉得这种口号的字写得很好。龙二老爷在党部走了一个圈子，他抬起头来看了看孙中山的遗像，赞叹的说道：

"真有些英雄气概呢。"

龙二老爷又眯睎了两眼，看了看相片的两边。一边是十五年以前的那个金字匾额；一边是十五年以前三位老爷的相片。虽然金字已经剥落，相片上堆满了灰尘，而龙二老爷眯睎的眼中，还有些仿佛的影儿。龙二老爷张开了那个大嘴，嘴里的牙齿已经掉了大半，他很快活觉得他的相片及招牌与英雄孙中山挂在一个地方，这是和中了举人一样"了不得"的！龙二老爷快活到太阳落下西山才回家去。

龙二老爷的儿子入了党，势力忽然大了起来，几乎恢复了宣统三年那样的状态。党，那是要打倒劣绅的，我们白蒲区的劣绅固然多——或许党部里就是劣绅包办的——而白蒲区党部第四分部所检举的是郑进之！因为在龙二老爷的眼光之中，郑进之的确是一个大劣绅，他不是和第×军第×师的副官来筹了六百元饷吗？郑进之得了这个消息，便逃亡到江南江阴去，听说郑进之在江阴也做了什么委员呢。

龙二老爷不但不反革命，而且很革命，他的儿子入了党，他的大孙儿也入了党，现在××政治讲习所读书，听说三个月毕业后就做大官。

龙二老爷是老了，已六十五岁了，人们仍然呼他"老爷，老爷"！他终其身在幸福的，快乐的，势力的环境之中，儿子，孙子……也在幸福的，快乐的，势力的环境之中。

二十六

这是冬天的时候，龙二老爷的四小姐要出嫁了。四小姐——就是在小学读书的光斗女士——因为择配已很难，无相当"门户相对"的丈夫，今年是二十六岁了，有了一个丈夫。据大少爷说：

"人非常漂亮，我看见的，只有二十三岁，就做大官，是科长，穿的将军衣服，骑的大白马，皮裹腿在阳光中还发亮呢！"

老实说：四小姐的丈夫是一个革命军官。

四小姐明天就出嫁了。龙二老爷很得意："三个女婿有钱，一个女婿做官，女婿做官，将来的外孙儿也做官，哈哈哈！"

亲戚都来了，杜二老板也来了，来吃喜酒……少爷，来客，都在客厅火炉前欢天喜地。

龙二老爷正在读党国某比较重要的大人物所送的一副喜联：

"鸳鸯……"

龙二老爷一句没有读完，丫头来喜急急地跑来说道：

"老爷！老爷！"

"什么事呀！"

"王二要见你。"

"那个王二？"

"从前在这里当差的王二。"

"有什么事呢？是还租吗？"龙二老爷抹了抹胡须，"要他去找大少好了。"

"不，他不见大少爷，他说有要紧的事见老爷。"

"嗳！真讨厌！你叫他进来。"

龙二老爷又转过头去望下联……。

"老爷！不得了！"……王二跪在地上。

"大惊小怪的什么事？"

"哦呀！回……回来了……回……"

"谁回来了？"

"化子辑五……马大麻子，顾玉声……红眼儿……都回来了，躲在乡下，他们要暴动，佃户们因老爷今年加了租，都不愿意，都要暴动，李四来运动我，说我们没有饭吃，不如暴动的好……可是我没有理他……"

"这……是真的吗？"龙二老爷脸色灰白了。

"真的……"

"……什么时候暴动？"

"明天！"

龙二老爷的面孔由灰白而变了死的颜色，正在想心思，仿佛看见了已死的寡妇嫂子……大太太由丫头扶了起来，她的头发落光了，眼睛已不大看见东西，嘴里的牙齿也完全掉去，面孔上的皱纹多得难看！她吞吞吐吐的说道：

"明天……"

她的话没有说完，跪在地上的王二又说道：

"明天……老爷……"

……

二十七

天空中吹着狂风，飘扬着雪花，屋内的火炉在熊熊的放出火光。

明天……

（完）

216